JOHN FORD POINT

ジョン　フォード　ポイント

早瀬ひかり

Hikari Hayase

文芸社

目次

みどり色の雫

たづ子は茶道口に座り、しばし合掌し、おもむろに襖を開けた。一礼して顔を上げると、お正客のちからと視線が合い戸惑ったが、笑いをこらえ落ち着き払う。

水差しを胸の高さに捧げて所定の位置に置き、畳のへりを踏まないように茶道口に戻ったが、客の視線が着物に付いているようで、何気なしに手でふるい落とす動作をした。お点前をする人は、通常無地か地味な着物を選ぶのは、そのせいなのだろうと勝手に想像しながら、今朝の出来事が一瞬脳裏をかすめた。

母とのいさかいは、いつも一方的なたづ子のわがままに過ぎないのだが、ぜひともウッドグリーン色の無地の着物が着たかったので、母の意見を聞かず、我を通した。だが、思仲の小いさかいになるので帯締めは母のを借りた。

茶巾《きん》、茶筅《ちゃせん》、茶杓《ちゃしゃく》を組んだ茶碗を左手に、棗《なつめ》を右手に上から半月形に掴むように持って水差しの正面に置いた。

茶道部の幹事に選ばれたが故に、お点前をしなくてはならない不運を嘆いてみても、たづ子は客の前でしっかりやるほかはなかった。

戦後、新制大学（男女共学）に変わって三年目、キャンパスにやっと女子学生の姿がちらほら見られるようになり、珍しさもあってたづ子に白羽の矢が立った。がらんどうな青春の一ページを埋めるように、たづ子は高校二年の時からお茶の稽古を始め、続けていた。ちからたちは、美人で英文科のたづ子を何としても担ぎたかった。裏話があるにせよ、またたづ子自身男女両学生の所属する部のリーダーになる自信はもうとう皆無なのに、眠っていた波が嵐に襲われるようにトップに立ってしまった。

女学校一年生に入学し、そのまま新制中学に切り替わった。成績はいつも平均的で目立たない存在なので、将来は良妻賢母になると決めていた。穏やかな海が横たわる疑いのない平凡な生活が営まれており、高校卒業時のサイン帳には和やかな家族の肖像画が描かれていた。大学入学と同時に、シュールレアリスムの絵の世界に入ったようにちからたちの強引さに負け、茶道部の二代目部長に就任した。

蓋置きの入っている建水の上へ、柄杓をのせ左手で持ち、風炉の前に座り、型通りに茶碗を洗い、抹茶をすくい入れ、お湯を注ぎ、茶筅で茶を点てた。

ちからがお菓子を食べているのがかすかな動作で分かり、たづ子は頭を上げたかったが、茶碗と抹茶のみどり色の調和に見とれ、織部焼の器とお菓子のねじり松葉の美も確かめたかったが、心の余裕はない。

「今度の茶会でどんな菓子器を使うのか、まだ決まってないのですが……」

おどおどしながらたづ子は、ミーティングで言葉を発した。

春の文化祭で茶会を開くことになり、何とか茶道具は集めていたが、菓子器はまだ決まっていなかった。

二年先輩のちからを中心に、男子学生三人と一年先輩の女子学生とたづ子が一緒に円を作り、頭を寄せ合い茶名と菓子名、茶道具の由来を載せる会記の空白部分を気にしている。

「私は茶碗を先生からお借りしてきましたのよ。深緑色が季節にあっているでしょう」

いかにも賢そうな女子学生は得意げに、福智町上野焼の茶碗に目を走らせた。女子学生の顔が輝いて、たづ子は仏像と錯覚する。

「松葉色って言うとこかな」

絵も勉強している背の高い男子学生は、たづ子を無視して大声でつぶやく。

たづ子は、男子と一緒のグループで意見を述べるなど今までありえなかった。男性は仕える存在以外何者でもなく、従順でありたかったのに、リーダーシップのないたづ子を先輩たちは疎んじ、命令口調で言った。

「幹事！　探してきてよ」

「幹事！　何とかしてよ」

たづ子は、分かりましたと言うと、涙が出そうになった。たづ子の姉が持っている美濃焼の皿を菓子器に使おうと思っていたが、心が閉じて言葉にはならない。とにかく一人になりたかった。

「大丈夫ですよ。幹事は最後の切り札を持っていますよ。ねえ、進藤さん！」

ちからの声だ。（助かった）と頭を上げた。

ちからの思いやりには感謝しているが、有能な先輩たちの力には為す術がなかった。優柔不断で実行力のない若く美しいたづ子は操り人形になり、部員からは不満の声が挙がる。落ちた偶像に拍手はなく、フラストレーションだけが残った。

お正客のちからが最後の一服を飲み終える音を聞き、抹茶が心身症に効く薬ならどんなによいか、芝生の上で休みたいとたづ子は思った。順序よく茶巾を入れた茶碗に茶筅をしまい、茶杓を載せ中じまいをし、袱紗《ふくさ》を腰につけた。お正客から棗、茶杓の拝見があり、畳に位置良く並べ、無事道具を水屋に運び終え、茶道口で待っていると真面目に振る舞っているちからの姿が見え、いつも冗談ばかり言っているちからとは別人のようで、たづ子は笑いをこらえた。

茶道口　（茶を点てる人が出入りする茶室の入り口）
正客　（最初に入る客）
お点前　（お茶を点てる）
袱紗　（棗、茶入れ、茶杓を拭く絹の布）
棗　（抹茶の茶入れ）
水屋　（茶室に付属する茶器を洗うところ）
建水　（水や湯を捨てる器）
風炉　（茶の湯で使うコンロ）
織部焼　（美濃焼の一種、緑色が特徴）
中仕舞い　（しまう途中、茶碗と棗を風炉の右前に置く）

コピー

たづ子は風邪で一週間学校を休んだ。試験が好きな名物教授の授業を受けられなかったのを悔いたが、それよりも講義のノートを急いで写さなくてはならなかった。二年間は教養課程なので、英語だけでなく社会学、統計学、科学、フランス語と様々な学科の単位を取る。何か便利な機械があり、必要な部分のノートを一挙に写してくれたらどんなによいかと心密かに思ったが、ほうきに乗った魔法使いのおばあさんでも現れないかぎり無理と諦め、憂鬱になった。たづ子は未だ親しい友もできず思案にくれながらグラウンドに向かった。

新学期が始まるとキャンパスの周りの桜は一斉に咲き乱れ、誰彼となく祝福のサインを送っている。休み時間やランチ時などは、桜の木の下に広がる芝生でくつろぐ学生たちの姿があった。たづ子も桜の木の下に座り、動いている墨染色の一団をぼんやりと眺めていた。すると、誰かが隣に座った気配をうっすらと感じたが、たづ子の瞳は一箇所に釘付けになっている。

「ねえ！　たづ子！　あの人、入学式の時に代表に選ばれた人よ」

みち子は指を差した。

「あっ、びっくりした！　みち子なの。みっともないからその手を下ろしなさい」

たづ子も同じ方向を見ていたので、気持ちを隠すように大声で話した。

「成績一番で入学したらしいわ。優秀なのね。仙台のエリート高出身なんですって」

「多分、おぼっちゃまなのよ」

入学代表者であるあきらは、成績優秀者に見られる堅さがなく、いつも余裕のある笑みを浮かべ人々を魅了しているが、それでも近づきがたい。

あきらの父は亡くなっていたが学長の経験があり、一族には学者が多かった。育ちの良さの他にも秀でていたのはユーモアのセンスで、追従を許さない。

グラウンドでは男子学生が野球を楽しんでいる。

「たづ子！　顔に花びらが落ちているわよ。肩にも……。女神が我々の頭上で微笑んでいます」

みち子は両手を開いて桜の花びらを掴み抱きしめる。

「でもね、墨染色の一団は私には馴染めないの。今までずっと女子だけだったでしょう。男性と同等に勉強するなんて、私の人生の一ページにも載っていないわ。私はおとなしくおしとやかで控えめで、星の王子様と結婚するのよ」

「たづ子、くよくよしないで、これから星の王子様と席を並べて勉強できるのよ。男女七歳にして席を同じくする。いいわね！　桜の花言葉を知っている？　教育よ、さあ、真面目に勉強しましょう」

「プリンスが動き出したわよ。私たちも行きましょう」

授業開始のベルが鳴り、たづ子は教室のほうへ歩いて行く。鉛のような塊が心のどこかにへばりついて空も晴れていない。自然の美しさを拒否している憂愁に心が閉ざされ、四年間も抱え込まなくてはならないのかと思うと、男女共学の大学に入学したのは間違いではなかったのかと、揺れる気持を抑えた。

ひとひら、ふたひら桜の花びらが落ちたせいか、ざわめいていた教室の雰囲気は落ちつき、学生たちはゆったりと椅子に腰かけ教授の講義に耳を傾ける。

窓側の一番後ろの席にたづ子は座り、反対側の同じ列にあきらの姿があり、ガラス越しにあきらの一挙一動が察知できた。一クラスは四十名くらいで女子学生は六、七名、圧倒的に男子学生が優位を占めているが、たづ子は同世代の男性には興味がなかったので自然に振る舞えたが、あきらが笑いながら発する言葉には意識する。下町の商家育ちのたづ子はあきらの光輝な言葉にはただ魅せられた。両親に慈しみ育てられ、キリスト教の教えが身についているのだろう。

「進藤さん、次のセンテンスを読んで訳して下さい」

たづ子が教科書を持ち直し慌てていると、そばのクラスメイトがひそひそとページを教えてくれた。『フランクリン物語』で、ちょうど田舎から出て来て印刷工になる場面だった。たづ子はあんちょこを教科書の上に載せて答えた。もう一度、窓のほうに目をやると、あきらの姿と枝がしな垂れている桜がオーバーラップして、たづ子は桜の枝を折ってきたい衝動にかられた。終了のベルが鳴ると、たづ子はあきらに近寄った。

「ノートを貸して下さい」

「えっ！」

あきらはびっくりしてたづ子の顔を見る。

「何のノート？」

「社会学と英語のノートを貸して下さい、お願いします。先週お休みしましたので」

あきらはノートをたづ子に手渡した。

たづ子は一週間あきらに心を奪われようと、来週のこの時間までに写そうと決め、いそいそとノートを借りた。

コケシ

たづ子の勉強部屋は表通りに面した二階の東北の角に位置する。店の中が見える階段を上がってすぐ左にあり、家にいる時には食事以外、自分の部屋に閉じ籠もる。

「たづちゃん！　電話ですよ」

「はーい」

店番をしている母の呼び声にエコーして返事をし、走るような勢いで階段を下りた。電話は店の帳場にある。家族の誰彼となく忙しく働いており、店と住まいが一緒になっているので食事は順番にとる。落ちつきがないのは、店が繁盛している証拠なので文句は言えなかった。

「進藤ですが……」

「進藤さんでしょうか、ぼく堤です。温泉に湯治に行きまして、今帰ったところです。そのうちお会いしたいのですが……、おみやげがあります」

電話は同じ大学に通う、堤すすむからだった。たづ子は病気がちなすすむを知っているだけに、二つ返事で約束し受話器を置いた。

たづ子の家から市電で十五分乗ると「荒町」の停留所に着く。たづ子はそこで降り大学に通じる道を歩いていると、雨の滴りが残っている葉の光が視線に飛び込み、新緑の放射線が心の梅雨をも追い払っている。

たづ子は大学に入ってはみたものの目標が見つからず、惰性で授業を受けていた。教授の「カレッジライフを楽しみなさい」の一言で、すすむの誘いに応じたに過ぎない。

大学の門をくぐり三番教室に入る。外壁が石でできている建物で、門と同様仙台空襲にも残った。たづ子は約束の時間より幾分早く着いたので、窓越しに外を眺める。外には野球場が見え、道路を隔てた向こうに白い固まりが動いているのも見えた。

「テニスをしている学生よ」

たづ子はつぶやいた。

「進藤さん！」

「痛い！　びっくりしましたわ。堤さんなの。肩を叩くのですもの」

すすむは満面の笑顔で、たづ子のすぐそばに立っていた。

「呼び出してごめん、ごめん。進藤さんに会いたかった。嘘、嘘、可愛い顔を見たかった。本当！」

すすむはにやにやして粘っこく話す。

「進藤さん、このコケシ見てよ！　可愛いでしょう?」

箱からコケシを取り出し手に持った。

「胴は円柱型で首のところで細くなっているでしょう。遠刈田温泉で売っているコケシの特徴です。頭のてっぺんが放射状の模様で重ね菊の胴衣が描かれてます」

「姉がコケシのコレクションをしており、遠刈田系はもちろん弥治郎・鳴子・土湯・南部・木地山・作並・蔵王高湯系のコケシが揃っています。見慣れているせいか何とも感じません」

「その慣れが恐いのですよ。よく見てご覧なさい。ふくよかな顔立ちでモナリザの微笑みです。進藤さんに似ていますよ。あっはぁはぁ……一晩中抱いていましたよ」

たづ子は驚いてすすむを見上げた。いつものすすむとは違っている。病気がちな弱々しい風情だが、礼儀正しく大学生の模範の立場にあり、一般学生は能面をかぶりすすむに接している。言葉に反して爽やかなすすむの笑顔が窓越しの空に映え、たづ子は安心してコケシを手にした。

「僕のハートをコケシに吹き込んであります。大事に飾って下さい。じゃ、これで失礼します。ミーティングがありますので……」

すすむは教室の前方のドアを荒々しく開け出て行った。

たづ子は迷いに迷ったあと、部屋の机の上にコケシを飾ってみる。すすむの言葉で苦笑いしながら、ふうっとため息を吹きかける。プレゼントを受け取らないで拒絶するのも青春の特権を無視するようでためらわれた。友情なら許されるかもしれない。男女の友情を育てよう。たづ子はそう決めた。

コケシから視線をはずし外に目をやると、瓦の上に「進藤百貨店」（よろずや）と書いてある看板の裏側が見え、店の前を市電が走っている。向かい側は酒屋、米屋、下駄屋、魚屋、呉服屋、自転車屋と道路に面して並び、人通りが激しいので一日中外を眺めていても退屈しない。「七夕」のお祭りで花電車が通る時はたづ子の家にもお客様が多く、十畳の客間に客膳が並べられ、紋の入ったガラスがはめ込まれている襖が耀き、一段と忙しく家族の人々が動くのでお祭り気分が盛り上がる。

「たづちゃん！」

兄嫁の呼ぶ声に、たづ子ははっとした。

「アメリカ人が店に来ています。下りて話して下さい」

たづ子はバタバタと階段を下りた。

デパートの包みを手に、たづ子は急ぎ足で一番町から大学に向かう。包みの中味はゼンマイで動く猿の人形で、真面目なすすむに笑いの一矢を射たい遊び心と、すすむの気持を傷つけたくない一心で買い求めた。（このようなことで時間を費やしていいのかしら、やはり男女共学の大学に入ったのは間違いなのよ）たづ子はそれでいて大学を辞める決断もできず迷っている。

たづ子が歩いている道の両側には絶えず学生たちが群がる古本屋が並び、仙台の銀座・一番町は大学から歩いて十二分のところにあり、古本屋が両方を結ぶ要になっている。群れをなしている一団にみち子の姿があった。

「みち子じゃないの、どうしてここにいるの？」

みち子はエメラルドグリーンのブラウスをまとい良く目立っている。

「授業は午後からですわよね。私もたづ子も一緒の単位を取ったはずよ。忘れたの？和泉先生の英語購読でしょう。午前中暇なので番ブラしようと思って、ちょうど良かったわ、たづ子に見せたい物があります。コーヒーを飲みましょうよ」

たづ子はみち子に引きずられて近くの喫茶店に入った。バッハの音楽が客に覆い被さり一瞬戸惑ったが、角に席を見つけ腰を下ろした。

「見てよ」

みち子はカバンの中からコケシを取り出し、たづ子に見せた。

「すすむが強引に私のカバンにねじ込み、お誕生日おめでとうですって」

たづ子は引きつりそうな顔を必死にこらえる。

「どうしてすすむが私の誕生日を知っているのかしら。すすむは　私の好みじゃないの。頭脳明晰ですが、私はたくましい人に惹かれます」

たづ子はみち子に気づかれないように、綺麗に包んである箱を手で握り潰した。

人間の絆

「へい、みつる！　ここはシカゴ大学のロックフェラーチャペルです」

聖書にある物語を題材にしたステンドグラスがある礼拝堂に入りＧＩは叫んだ。

「ニューヨークさ、ニューヨークの聖ヨハネ教会ですよ」

ほかのＧＩは両手を胸のところまで挙げ、ジェスチャーで明るく言葉をはずませた。

「どうして日本の女子学生が座っているのだろう！」

とぼけながら辺りに聞こえるよう大声を上げ、きょろきょろ見渡している。

みつるは前方に座っているたづ子に、そっと本を手渡したあと、ＧＩたちをうながし木でできている彫りのある長椅子に腰掛けた。パイプオルガンの音が体に染みて流れ、ざわめきは礼拝堂のパルプに吸い込まれ、視界全体にステンドグラスが飛び込む。

第一回日米学生会議（東北地区）のファンファーレが演奏された。古い大学の礼拝堂が仙台空襲の災難から免れたのも、色鮮やかなステンドグラスのおかげかもしれない。たづ子の深層に閉じ込められていた追憶が、アメリカ国歌の群唱で姿を現した。

仙台空襲はたづ子が小学六年生の時にあった。父は消防団長をしており偉かったが、警報解除後、父の外からの合図で家族全員が防空壕から這い出し、人の群れにつられて広瀬橋に立つと、空は火事の反映で真っ赤に染まり、反射的にたづ子は振返った。家が無事に残っているのを見届け安堵した記憶がよみがえる。市の中心部はB29の落とした焼夷弾であますところなく焼けたのに、ミッション系大学二校と国立大学の建物の一部だけは残った。

いつまでも変わらないステンドグラスの崇高な美しさは、馴染みのない人々にも清らかな安らぎを与える。

たづ子は川内キャンプにあるアメリカンスクールの教室で、みつるに出会った。日本側代表の準備委員の肩書きで行動を共にし、みつるは真剣に女性の意見に耳を傾けるのが印象に残った。仲間からは女性には甘いと陰の声も聞こえるが、中高大学とミッション系の一貫教育を受けているせいか英語の能力は抜群に秀でており、委員長が困っている時は適切な援助を惜しまないので、女子学生の委員には特に人気があった。目立たないいぶし銀のような情熱は、豊かな人間性と交錯し、人々に一瞬、桃源郷を階間見せてくれるが、決まって長にはならず、どんな時でもバイス（二番目）である。

ドネーション（寄付）を仰ぐための企業回りは委員の主な仕事で、みつるは嫌な顔もせず率先して足を運んだ。裏方の仕事が天職であるかのように、感謝と喜びがみつるの行動からあふれる。

委員長が聖壇に立ち今までの経過を報告し、準備委員の労をねぎらった。たづ子は後ろを向き、目で同感の合図を送る。みつるとの行動はたづ子が女性であるのを忘れさせ、心も体も隅々まで心の綾を伸ばし、自由に羽ばたく魂の存在を意識した。

（みつると結婚したい。みつるなら家事を手伝うのは確かです）

（みつるなら私の才能を伸ばしてくれるわ）

（家族のしがらみも無視できる。二人だけで、思う存分自由に生きていける）

（周囲を恐れず、惑わされず、埋没せず、自分を見失うことなく自己存在の場を作れる結婚ができる）

たづ子は、みつるから手渡された本を持て余しながら、窓越しにイルミネーションを眺めた。礼拝堂の前には大きなモミの木があり、たくさんの豆電球がついて星のように輝いている。

ステンドグラスは一段と夕闇に映え、ＧＩの穏やかな顔に冷静で客観的な知性も飛び火し、ときたま赤らむ肌に郷愁の炎が灯され、アメリカ側の参加者は賛美歌のメロディーを口ずさみながら、地平線に続く大平原や空にそびえ立つ摩天楼の蜃気楼を見ている。

「みつる！　ステンドグラスがいつ頃できたか知っていますか？」

みつるは首を横に振った。

「一〇世紀ですよ」

「もっと小さい声で話して下さい」

「Low voice ね。分かりました」

ＧＩは腰を動かしてみつるに近寄った。

「その頃はね、小さく切ったガラスを細長い鉛で貼り付け、美しい趣のある工芸品を作りました。エナメル（上薬）で光沢を出すようになったのは十五世紀です。中世期の職人が一枚のガラスに色々なエナメルで絵を描き、複雑なデザインを作り出しました。最初の頃のエナメルは不透明で光沢がなく、一六五〇年ヨハン・スチャバーが透き通ったエナメルを発見し、ステンドグラスが光の芸術をかもし出す素地を作りました。確か今でもこの方法が使われています。アメリカでは六百種類の色合いを持っている工房があり、新しい色彩を見つける研究をしています」

「詳しいですね」

みつるは感心した。

「シー……」

突然、後ろの座席から話し声をうるさがるサインが送られる。

「私のホームタウンに工房があります。早くステイト（州）に帰りたいです」

ＧＩは早口に言って元の席に戻り、真っ正面を見ると否応無しにイエスの使徒が描かれているステンドグラスが目に入った。前の人の肩越しに、たづ子の黒い髪がなびいている。

みつるは、たづ子の好意を薄々感じていたが、みつるもまたたづ子に惹かれていたので、若い情熱が燃え上がるのが恐かった。家事で働きづめの母親と収入が途絶えがちな父親、家庭のどの部分を探しても、みつるの決断をうながす余地はなかった。時の流れが自然に解決してくれる道である。たづ子とは付き合わないだろう。みつるには学問のない、無神経で人の心を傷つけるのが嫌いな、モームの小説『人間の絆』の主人公のような女の子がふさわしい。

開会式が終わり、日米学生会議の参加者はパイプオルガンの音を背に受け、レセプションの会場へと移動した。

アメリカ文化センター

賑やかな一番町通りを県庁に向かって三分ほど歩き、右に曲がって路地に入ると靴の音がはっきりと聞こえ、とりとめない思惑を写実的に心に描きながら坂を登っていくと、華やかな建物にたどり着く。建物は古めかしくどっしりした造りだが、一歩中に入ると眩しくて目まいがしそうになる。書棚には鮮やかな雑誌が所狭しと並び、おいしい西洋菓子のように錯覚し、急いで口に入れてしまいたい衝動にかられる。奥まった二十畳くらいの部屋には図書室があり、重みのある別世界が広がっていた。

ここはアメリカ文化センターの建物で、二階には教室が二部屋あり、仙台に進駐しているGIが先生として、英会話を教えたり専門の分野を講じており、主に大学生が利用している。

たづ子は英語のクラスに出席するために、軋む音を消しながら階段を上り教室に入ると、

「Good evening ミス進藤、五分遅刻ですね」

と言う、晴れやかなGI教師の顔が見え、椅子に座るまでの数分間たづ子を歓迎してくれた。教室にいる仲間は一斉にたづ子を見た。（この洋服のせいなのよ）と思い、舌打ちをしながら、たづ子はのぼるのそばに腰かけた。

「グループを二つに分けテーマを決めますが、皆さんで話し合って下さい。もちろん英語でです」

教師の一声で教室はざわめいたが、結局近くの者同士が集まりグループを作った。たづ子はのぼると一緒のグループになり、話し合いの結果のぼるの主張ではなくたづ子の意見でテーマを決めた。のぼるは黙っていたが、そのまま討議され、クラスは終わった。男性が一人でもいる中で、たづ子が意見を述べるなど今までは考えられない。自分の意思とは無関係に言葉を発し行動している。後悔と行動への不安が交互に襲い、いたたまれなかった。

「Good bye, see you next week」

教師の声に学生たちは「さよなら」を言い、バタバタと階段を下りた。のぼるが女子大学の学生たちと出口に向かっていると、たづ子が図書室に入っていくのが見えた。

「進藤さんは生意気ですね。可愛い顔をしているのに、なんなんだ！　人をコケにして。大体テーマを決めるのに女性だけの場合ならまだしも、男性がグループにいる場合には男性が決めるのが当たり前ですよ。僕が決めなければならないのです。進藤の馬鹿、しゃなりしゃなり出しゃばって。進藤さんは優しくて女らしいおしとやかな女性と憧れていたのに、見くびりましたよ。僕の後輩とは呼びたくありません。あなたたちは女子だけの大学に入ってよかったですね」

四、五人の女子学生たちは、のぼるを囲みながら歩いている。アメリカ文化センターでの英語クラスに出席しての帰りである。

「でも進藤さんは優秀よ、あのぐらい英語を話す人はめったにおりませんわよ」

T・P・Oに合わせて、いつも見事に洋服を着こなしているたづ子の容姿を思い浮かべて、女子大生の一人が言った。

「孔雀さ、毎週違った洋服を着て男を惑わそうと見せびらかしている孔雀さ」

「Don't get upset. ご自分のご意見を述べられましたのでしょう」

女子大生は習ったばかりの「怒りなさんな」という言葉を使う。

「男性を立てない奴は女性とは言えない。中性です。優秀ぶってさ、あんな奴と一緒のクラスは取らない。その点、あなたたちは素直で優しいですね」

「私たちもいつ豹変するか分かりませんことよ」

「良妻賢母になりますよ。女性への賛美の念を持たせてくれます」

「私たちは、大学を卒業しても仕事にはつかず結婚するつもりです」

「女性は結婚の幸せが一番です。進藤さんのようになってはお終いです」

「今日着ていた進藤さんの洋服、スカートはフレアでしたね。上着の裾にスリットが入っており、金ボタンが六個ついているツーピース、女子学生なら誰でも着てみたい洋服ですわ」

「色も決まってますね。シルバーグレイって言うのかしら」

ほかの女子大学生が同調した。

「美しい姿を男の目にさらし、その気にさせながら男女平等の理念でグサリ、可愛くないね。あのキュートな顔が泣きますよ」

「安藤さん！」

のぼるは急に呼ばれて立ち止まり、振り返る。

「安藤さんは進藤さんに興味がおありなのでしょう？　恋い焦がれているのよ」

のぼるは一瞬急所を一撃されたように動揺したが、努めて平静にしている。

「とんでもない、あんな二重人格者！　顔に似合わず自己主張が強く、いずれにせよ自分の意見をはっきり言う女性は嫌いです。日本の文化を侮辱してます」

のぼるはキャンパスに咲く花の女子学生の姿を見るようになってから、真面目に大学に通うようになった。特にたづ子には惹かれ、たづ子が参加しているクラブやクラスには積極的に顔を出している。大人しそうで美少女の面影を残しているたづ子と親しくなりたかった。

「安藤さん！　来週も出席しますね？」

「はっきりお返事はできません」

たづ子への未練はない。短大生のガールフレンドでも見つけようと、のぼるはポケットからハンカチを出し汗を拭いた。

「さようなら」

「また来週ね」

一番町の市電の停留所で、のぼるは女子大生たちと別れた。


たづ子はアメリカ文化センターの図書室から毎月本を借りて、余暇を楽しむのが慣わしになった。特にフランスのファッションを載せているアメリカの雑誌が気に入っている。フランスの洗練された時代の先端を行く優美なファションに魅了され、欲しい洋服は布地から吟味し、ひいきにしている洋服屋さんに仕立ててもらう。数え切れないほど洋服があっても次の年も必ず新調する。

たづ子はクラスのレッスン後仲間と別れ、一番町の停留所まで歩いた。足取りは軽い。ちょうど電車が発車し、つり革にぶら下がって乗っているのぼるの姿が見えた。心持ちうつむいている。たづ子は雑誌を持つ手に力が入った。

ナイト キャップ

外灯の光が前庭を照らしている。敷きつめられた芝生が闇の中に浮きあがり、美しい絨毯に等しい。舞台はオープニングベルの前の一瞬の静寂を漂わせている。

ミスターシップルは、玄関に通じているコンクリートの道を避けて芝生に足を入れた。柔らかい感触が足の甲をなで、故郷のペンシルベニアと同じ庭のたたずまいに満足しているのが歩き方で分かる。最初の扉を開けて靴を脱ぎ、また扉のノブに手を掛けるとスリッパが並んでいた。

「ここは日本であってアメリカではない」

ミスターは、ブツブツ言いながらスリッパを履いた。

昭和の初期から代々宣教師のアメリカ人が住んでいる家で、木造の洋館は一階に居間と食堂、独立したキッチンがあり、二階には寝室が三部屋ある。一階のベランダから小部屋の寝室に上れるゆとりのある空間が、ナイトキャップを楽しむ時間を肯定している。

ミスターは脱げそうになるスリッパに足をねじ込み、玄関から見える階段を上りきった。

「早くお帰りですね。クラスの皆さんは予習をして出席していましたか？」

「ああ」

ミセズの笑顔につられてミスターも微笑んだ。

「少し疲れました。いつもの作ってきて下さい」

「ナイトキャップですね」

「ええ」

ミスターは部屋着に着替え、ベッドに横になった。かすかにキッチンで湯のたぎる音が聞こえる。

（今夜のクラスでは、たづ子の英語の話し方が素晴らしかった。だが、内容が貧しい）ミスターがサイドテーブルに付随している電気スタンドのスイッチを入れると、平行しているミセズのベッドの電気スタンドの光が綾の屈折をして天井に反射し、部屋が急に明るくなった。ミセズの鼻歌が聞こえ、段々クレッシェンドになるのが分かる。

「どうぞ」

手渡されたナイトキャップをミスターはテーブルに置く。

「ハニー！　日本の女子学生の将来を考えていました。確信ある生き方をしている人は少ないですね」

ミセズはうなずいた。

「でも、みち子は先生になるつもりらしいですよ。商社に勤めたいと、英語を一生懸命勉強している学生もおります」

「問題なのはたづ子ですね」

ミスターはナイトキャップを手に取りカクテルの感触を楽しむ。

「良き婦人になり親の進める結婚をしたいそうです。大学教育の理念に反しますね。女性だけの短大にでも入学するのが相応しいです。大学教育はまず一般教養を身につけること。さらに技術あるいは専門教育を受け社会に貢献することです。女性も男性と同じ教育を受けるのなら、仕事を持つのが当然で、それに向けて邁進するのが大学生活の使命でしょう」

「カレッジライフを楽しむのも大学生の特権ですね」

ミセズは窓際に歩み寄り庭を眺めた。

「あら、みち子とたづ子が通りすぎましたよ」

「クラスの帰りでしょう。たづ子の親に言わせれば、女性が高等教育を受ければ受けるほど不幸になり、たづ子の顔を見ると口癖のように勉強しないようプレッシャーをかけるそうです」

「たづ子！　ここはシップル先生の家ですわね。明かりがついていますから先生はもうお帰りです」

「そうらしいわね」

「今夜は楽しかったわ。たづ子は英語でよくしゃべってましたね。周りの人たちは、口を開けてたづ子の顔を見ていましたよ」

「みち子は大げさなのよ」

二人はミスターシップルの庭の前に立ち止まった。

「ここだけが明るいです」

同時に声を出して笑い、お互いに顔を見合わせた。

周囲はバラックの建物で外灯はなく、近所の人々は一番星と名付けて、この庭をランドマークにしている。

たづ子はみち子と肩を並べて歩き出した。ポケットに手を入れてみると、紙の感触があった。いつもキュルケゴールの『死に至る病』の文庫本を忍ばせている。たづ子はダミア（シャンソン歌手）のレパートリーである「枯葉」を好んで口ずさみ、虚無的なしぐさで、自意識過剰を冠に頭でっかちな放浪を試みた。恵まれた生活をも呪った。みち子に褒められるのが一番嬉しく、単純に英語で話すと七色の悩みが一色の光になるのが分かる。

（そうだ英語のガイドになろう）

（ボーイフレンドもいらない）

たづ子は失った生気を取り戻した。

「みち子！　私ガイドになります。卒業したらガイドの仕事に就くのよ。決めました」

「それはいいわね。外は暗いわ。早く帰りましょう」

二人は駆けだした。


ミスターはナイトキャップを口に持っていく。香りを楽しみ、故郷を偲んだ。

「ブルーベリーティーですね。ハニー！」

「カナダのお友達に教わりましたのよ。ブランデーも入ってます。レモンもキュートでしょう。よく眠れるのは請け合いです」

ミセズはミスターの飲み干したグラスを持って、階段を下りた。

追憶

一

階段を上り舗道に出ると、一瞬目を射るまぶしい光が康子を立ち止まらせた。無意識に目を閉じたが、やっとの思いで地上に出たので老齢期クライシスにかかっている自分を認めないわけにはいかない。

地下鉄はスマートだが、上まで出るのには時間がかかる。路面電車を偲びながらちりめんの風呂敷包みを強く握り締めた。

「橘さん！　どこへ行くのっしゃ」

肩を叩かれとっさに反応した。

「親戚ばさ、行くんでがす」

生まれてから七十歳になるまでずっと同じ町に住んでいるので、知り合いが多い。

若者は標準語を話しているが、康子の年代は未だ方言をしゃべっている人もいる。ずうずう弁の語り口が憐憫《れんびん》を誘うらしく必ず声をかけてくれる。

「気い付けてな」

連坊小路は青春街道と呼ばれ、道の真ん中を残して両サイドに高校生が群れをなしている。下校の時間なのだろう。（亮のやつは面汚しだ。四十路も半ばを過ぎたと言うのに未だに独り者、老骨に鞭を打って世話を焼いている、困った者だ）康子は迷路を抜け出るように亮の家に着く。

「おじゃましますよ」

表のガラス戸を開け土間を横切り、すたすたと上がった。亮の父は働ける間は米屋を営んでいたが、高齢になり亮も店を継がず教師の道を選んだので廃業したが、店はそのままにしてある。

「康子か」

「お兄さん、達者？」

「亮のやつ、嫁を貰わないから一人でいるさ」

「お見合い写真持ってきましたよ」

「お前が熱心でもな、本人がその気にならないと」

「顔は人並み、短大卒で早くに母親を亡くし兄弟の面倒を見ているうちに婚期を逃がしたらしいわ。今じゃその人の結婚できる年齢が適齢期ですから、願ってもないご縁ですよ」

「どれどれ」

亮の父は康子が風呂敷包みをほどくのが待ちきれずせかした。座っている後ろに土間が見える。布団は外している掘こたつのテーブルの上に写真を置いた。

「良さそうな人ね」

「亮のやつ、初恋の人が忘れられないらしい」

「初恋の人？　亮は純情なのね」

康子は台所が気になり立ち上がった。流しには洗い物が残っていたので急いで食器を洗いポットに水を入れた。茶の間に戻り茶箪笥から急須と湯飲み茶碗を取り出しテーブルの上に置く。

「初恋の人ね……」

康子はもう一度言いうなずく。

「名前なんて言ったかしら」

「康子、お湯が沸いたよ」

ポットに湯気が上がっている。康子は急須に茶の葉とお湯を入れ湯飲み茶碗に注ぎ、足をこたつの中に入れた。

「そうそう、確か進藤たづ子と言う名前じゃなかったかしら、下町の娘さんよね。長町小町とかで可愛い子でしたが、亮より一歳年下ですから、いい加減歳を取っているでしょう。昔の面影はないでしょうに、未だに慕っている亮の気持ちが分からない。亮はおじんにしては若い娘にはモテますよ。亮の体はアポロの神のように立派です。ラグビーで鍛えた体は大変魅力があるそうです。この前も、キャーキャー騒いでいる子を見ましたよ」

「何だそのアポロって」

「お兄さんは知らなくてもいいのよ」

「たづ子とか言う人、もう片付いたんだろう」

「当たり前よ、話になりません。亮は何を考えているのか聞きたいです。ベアトリーチェかしら」

「何だ、そのベアトリーチェとは」

「永遠の恋人よ」

「あははは……」

亮の父親は笑おうとするが、顔が引きつり笑いにはならなかった。亮は一生やもおになりかねなく可哀想だ。見合い写真をもう一度見た。(ここにもベアトリーチェがいると言うのに……)

二

亮は見合い写真を机の上に置き開けてみると、同時にたづ子の高校時代の写真を、無意識に引き出しから出していた。おさげ髪を三つ編みにして、根本で結わえリボンを付けている。高校の制服を着ているのだろう。黒い線のセーラー服がよく似合っている。セピア色の写真の端がぼろぼろになっているのは、二十年間くらい写真を出して見てはしまう動作を何回となく繰り返しているからだ。そのうちに古くなり、自分の気持ちと一緒に捨てようかと決心するも、風の便りでたづ子が不幸な結婚をしてあえぎ、やつれているのを聞くと、また引き出しにしまってしまう。美少女で気立てのよいたづ子が不幸な結婚生活を送っているのは予想しなかったが、恋い焦がれた相手が自分とではなく別な人と結ばれたので、ざまあみろ、と捲し立てるところだが、亮は違っていた。

夕日が落ちる菜の花畑に潮騒の音が波打つとき、たづ子への思慕が精神を高揚させる。（手を繋いでどこまでも一緒に歩きたい。永久に幸せにしてあげたのに、どうして僕の手のひらからすり抜けて遠くへ行ってしまったのだ。たづ子を抱きしめたい）そう思い、亮はもう一度写真を見る。

たづ子に初めて出会ったのは、友に頼まれてたづ子の家を訪ねた時で、店番をしているたづ子を見て驚いたのを覚えている。青葉茂れる高校の山岳部員であった友は、その夏、部員と一緒に磐梯山《ばんだいさん》に登り、ちょうど八合目あたりで女子高校のグループと遭遇した。同郷のよしみの邂逅に歓喜したが、たづ子はその中のメンバーで、友はたづ子に興味を持った。清楚で育ちのよさが見え、華やかでありながらどことなくシャイな女子高校生のたづ子に惹かれた。惑星を包み込みながら光り輝いているようで、異性の心を捕らえて離さなかった。

里に降りてから、ネットワークでたづ子の居所を簡単に調べることができた。自動販売機がなかった頃で、横縞模様のトックリセーターを着て、タバコ売り場の前に座っていたのを覚えている。

それからは夢中で青春そのものにのめり込んだ。たづ子が男女共学の大学に入るのは予想できなかったが、たづ子の優しい心遣いやセンシティブなナイーブさがなくなるのが恐くて、女子の大学に入るのを何回となく勧めたのだが、英語にこだわり地元の私立の男女共学の大学に入った。女の子は学歴がなくとも国立大学出身の男性と結婚するのが出世で、一目置かれる世相であり、女性が自立して名を為すのはまれである。たづ子が入った大学は名もない地方の大学なのでなおさら信じられなかった。

亮はもう一度写真を見て机の引き出しにしまう。引き出しの中身はたづ子グッズで一杯で、思い出の品物を一つ残らず取ってある。別な女性と結婚する時には全部捨てるつもりだが、昔のたづ子はもういないと分かっていてもほかの女性と結婚する気にはなれない。どこか体に欠陥があるのではないのかと、親戚中が心配して、会えば必ず「いい加減にせいや」と怒鳴られる。

亮はたづ子グッズの中から「朧月夜」の絵はがきを取り出した。「我が心の風景画展」で買い、手に取り絵を見ると燃え上がる思慕がコントロールできた。画面いっぱいのお月様に菜の花がクローズアップされていた。たづ子の好きな花が菜の花で、抱えて余るほど花束にしてプレゼントしたこともある。楚々として温かみがあるのに、最後まで捉えどころがなかった。それにしても結婚を契機に不幸の神に取り憑かれて、闇の世界を徘徊しているたづ子に願を懸けて、コンパティブルと呼ばれる黄色の車を購入した。走らせることで厄払いをし、たづ子に会える機会に夢を託した。

「亮！　下りてこい」

父親の声に階段を下りたが茶の間には寄らず、玄関に直行した。

「またあの黄色の車で出かけるのか？」

亮の背中に声が響く。

三

遠い昔のボーイフレンドを思い出すほど、たづ子は今、不幸の神に取り憑かれている。たづ子の思惑を押しつけた形となった結婚には誤算があり、「出て行ってくれればよかった」と夫たけしに豪語された時、返す言葉がなく涙も出なかった。

国際的な英語教育を二人の子どもに身につけさせ、再び現時点で夫と向き合った時に、もう愛してないと思った。どうして亮の面影を追い、亮のシルエットが心に住み着くのだろうか。夫にはないたくましさ、頼りがいのある男性的な魅力に憧れるのだろうか。それとも単なる逃避なのだろうか。（亮に会いたい）無言の叫びだけで、若くはない自分の容姿に自信はなく、あがきだけで時は流れていく。仙台箪笥と対になっている鏡台に顔を映して見るが、そこに安定した結婚生活を土台にした夫に愛された安らぎのある顔はなく、度重なる絶望との闘いで可愛らしさ甘さは消え、所帯ずれした顔が今までの生きた証しとして鏡に映っている。（やめよう、会うのはやめよう）たづ子は決めた。

ジレンマに悩まされた学生時代、解決の糸口を見つけるために『天路歴程』を熟読し何かを掴もうとしたが空回り、不幸な結婚生活は「狭き門」より入れなかった自分の愚かさを嘆いてみたが、信仰を持つには至らなかった。「すべてはたづ子が悪い」と口癖に言う夫の身内の陰の声を耳にしても、夫婦の彷徨える魂を落ち着けるすべはなく、志（結婚）においては高貴であっても、結果は悲劇であった。

たづ子は淋しかったが現実の生活を維持するほかはない。狭い分譲アパートで夫とは会話のない生活をしているが、スポーツを楽しむことで何とかまぎらわすことができた。運動のあとの疲れは心地よく潮風が心の悩みを吹き飛ばし、次回のレッスンまで無事に過ごせる。（動く祈りなのよ）と、たづ子は納得した。生活ができてスポーツも楽しめれば水面下で幸せになれる。やっと大学卒業の肩書きが活かされる。たづ子は大学ではテニス部に所属していた。

四

黄色のコンパティブル車が榴《つつじ》ケ岡《がおか》通りを仙台駅に向かって走っている。どんよりしている空に一矢を放つようでよく目立つ。天の川を渡り織女星《しょくじょせい》にでも会いに行くようだ。亮はスピードを落としサンプラザの駐車場に車を入れた。女子高校の創立九十周年記念式典が施行される場所で、亮は来賓で出席する。

「伊藤先生ですね。ご案内致します」

受付でリボンを付けられ会場に案内された。

県立の女子高校としては名門校であり、誇り高き学校と知られてもいる。ホールの真ん中には在校生が陣取って、はちきれそうな若さを紺色の制服姿で抑えていた。

亮の脳裏には、制服がよく似合っているおとなしい美少女の姿があった。たづ子が着ていたのはセーラー服型で、ひだスカート、筋は黒色二本で男子高校の白い線の入った帽子と釣り合いがとれていた。

壇上では記念講演が始まり、卒業生が「国際社会の女性と家族」について話をしている。ニューヨークで活躍している女性で略歴を見ると、たづ子と同学年だ。

長い間、良妻賢母の教育を目標に掲げていたが、時代の流れに沿って演題を変えたのだろう。

たづ子は「私の夢は良妻賢母になることよ」と口癖に言っていたのを覚えている。戦後の大学教育を受けて変わったのだろうか、胸が痛む。

滞りなく式典が終わり、参加者はエレベーターの前に立ち、祝賀会が開かれる三階のクリスタルルームに向かった。スーツ姿の男性と女性は半々で、男性は校長先生が多い。パーティはビュッフェスタイルで、亮は何種類かのサラダを盛り合わせシャンパングラスを手にした。

「伊藤先生！　いい人見つかりました？　ニヤニヤしてますよ」

「別に変わってません」

「黄金のチャンスを差し上げますよ」

「黄金のチャンス？」

「お見合いです」

　英語教師は亮に声をかけ、料理の並んでいるほうに歩み寄る。（近いうち黄色の車を売りに出そう。珍しい外車だから若者に受けるのは確かだ。すぐに買い手が見つかる。そうすればたづ子を忘れられる）と亮は考えた。

　ソプラノ独唱者がオペレッタを楽しげに歌っており、今宵、酔いしれて会は盛り上がった。

　斜め向かいにいる緑色の着物を着ている女性に、亮の視線は釘付けになった。紅潮している横顔に見覚えがある。

（たづ子だ！）

　亮は胸が高鳴り手が震えた。手から皿が落ちそうになる。近くのテーブルに皿と箸を置き、心を静めてもう一度確かめる。華やいでいる雰囲気は、まぎれもなくたづ子のもので以前と変わっていない。やつれてはいなかった。意を決してたづ子に近づくと、思いの外、平常心に戻れた。

「進藤さんでしょう！　もちろん実家の名前ですが」

たづ子は亮をじっと見て、小さな声をあげた。

「ああ！　伊藤さん、信じられないわ」

「ビールを持ってきます」

亮はビールの入っているグラス二個を持ってきて、たづ子に渡した。

「偶然の再会に乾杯しましょう」

「テレパシーが通じましたね」

たづ子は亮をじっと見つめる。

「いや、九十周年記念パーティに乾杯！」

二人はビールを飲む。

「元気そうですね。明日、お会いできますか」

「いいえ、今晩新幹線で帰ります」

二人の時間はしばし途絶える。

「じゃ、今ここから抜け出しましょう。十分後に下で待ってます」

たづ子は旧友に会った旨を役員に告げ、挨拶をしてロビーに降りた。

亮は黄色の車にたづ子を乗せ、夜の街を走った。幸せの絶頂で空中に舞い上がる。

たづ子はお互いの家族の話題に触れるのだけは避けよう、束の間だけでも夢ごこちに浸っていたいと思った。

「お茶でも飲みましょうか」

「このままでいいわ。時間がないので……」

亮は公園の茂みに車を止め、たづ子の手を握った。若鮎のような手ではないが気にならない。たづ子は亮の為すがままだ。お下げ髪の頃の恥じらいはとうになくなっており、夫たけしの精神的な裏切りを考えれば何でもないと思った。

「唇が欲しい。あの時強引に奪っていたら、たづ子さんは僕のものになっていたはずです」

たづ子も浮かれていた。二人はどちらからともなく抱き合った。

たづ子は現実の世界に戻され、シャボン玉が壊れるのを恐れ、深く深く抱き合った。

「駅まで送って下さい。我が青春に悔いなしですね。亮さん！　これからも幸せになってね」

二人は銀河鉄道を降りた。

五

橘康子からの電話で目が覚めた。

「兄さん、亮のやつお見合いするそうです。今度は決まりそうですね」

「がんばって長生きでもすっぺか。孫の顔も見られそうだ」

「黄色の車は売るようなこと言ってましたよ」

「これで安心してお陀仏できるさ」

亮の父親は受話機を置くとこたつに入り、杯を口にした。

おもかげ

朝もやの途切れた所から、箱根の山が見え隠れしている。ハンドルを握っているたづ子の手は少し汗ばんでいるのに、普段より時速十キロもオーバーしながら制限速度で西湘バイパスを飛ばし、湯本に着くと、主婦から仕事（ガイド）好きの顔に変わる。（誉橋が分岐点なのよ）

観光客用の無料駐車場に車を置き、小走りに橋を渡る。橋の真ん中で足を止め、歌川広重が描いた浮世絵の箱根の山、芦ノ湖は見えないが、目の前に広がる景色を必ず眺め、じっくり味わったあと、バス停に向かった。バス停の前には『箱根の女』の石碑が建っている。たづ子は心に鈴の音を聞きながら歌謡曲の詞を目で追うが、いつも頭は空回りしている。遠くに見えてくるバスに気を取られるせいかもしれない。

バスから降りると温泉のにおいが鼻をついた。平地より心持ち気温が低いので毛糸のショールを肩に掛けていた。

ホテルのロビーの真っ正面に浅間山が見え、新緑が鮮やかに映えているのは「箱根は一年中自然の魅力を絶やさない」ということを物語っている。

たづ子は富士山印のバッジを付けているお客さんを探した。お客さんをホテルでピックアップし、小田原駅で新幹線に乗せるのが仕事で、外国人の観光客がほとんどである。お客さんは時間通りにフロントに現れた。

「私が藤井です。ホテルから小田原駅までお連れします」

「お会いできて嬉しいわ」

どちらからともなく握手した。

「タクシーが待っています」

一行は車のほうへ歩いた。運転手はトランクを開け荷物を入れる。

「ニュージーランドに旅行なさいました？　私たちオーストラリアから参りましたの。娘のブイック・アリーです」

「こんにちは」

たづ子が胸に付けているピンを見て、ツアーの客の一人であるプロフェッサーが尋ねた。昨日の覚え書きでは、ドクターの文字が強く印象に残り、性別がはっきりしなかったが、今日会って生物学博士で女性のプロフェッサーなのが分かった。

「息子が新婚旅行でニュージーランドに行った時のお土産ですの」

葉っぱの絵の真ん中にNが付いているピンで、ポピュラーなお土産らしく前にも誰かに尋ねられた気がする。

とっさにボーイが車のドアを開けたので、たづ子は二人を後部座席に乗るようにうながし助手席に乗った。

「ホテルから小田原駅まで三十五分かかります。小田原駅で新幹線に乗る予定です。京都で降りて下さい。京都駅でもガイドさんが待っております。バッジが目印です」

「分かりました」

プロフェッサーは返事をしながら、たづ子に興味を持った。錆朱《さびしゅ》色のスーツが箱根の新緑にマッチしよく似合っている。どことなく華やいでおり、年齢を麻薬のようなもので消している健康美が素晴らしいと感じた。（いくつなのかしら？）年齢を聞きたかったが躊躇した。

「この辺にお住まいですの？」

「東海道線で小田原から四つ目の駅で、大磯町と言うところに住んでいます。夏は涼しく冬は温かいので、戦前は、第二次世界大戦の前ね……、政治家や財界人の別荘地として栄え、世に知られておりましたが、今では市街化し、東京まで通勤している人も珍しくありません。気候には魅せられます。温暖なので長寿の里としても有名です。私の家からは海が見え、夏は潮風が心地よく、冬は冬で海が銀色に輝き、それは素晴らしい眺めです」

プロフェッサーは、波打ち際で戯れる優雅な情景を連想した。住まいはきっと白い瀟洒《しょうしゃ》な家にちがいない。四季折々の花々に囲まれているテラスには、気怠そうに犬が寝そべっている。ミセズ藤井は微風に髪をゆだね、シルクのシャッツが日射しを浴びて光り、反射で顔がオレンジ色に見える。紅茶を飲んでいる穏やかな姿が目に浮かぶ。さらに紅茶に浮かんでいるミントの葉の匂いが気怠さを助長している。波の音を聞きながらポーチ伝いに玄関に入ると、リビングルームをはさんでステンドグラスが見え、床は白と黒の大理石が敷きつめられて輝き、ガラスのテーブルが床を目立たせている。アルミの支柱に花柄のマットのラブチェアが涼しげに女主人を待っている。右前方にダイニングセットが置かれて、隣がキッチン。ガラス戸越しにミモザの木が見える。ミセズは黄色の洋服も似合いそうだと思った。

「息子さんは今、どうしていらっしゃいますか？」

「企業留学でシカゴ大学院で学んでおります」

「専攻は何ですの？」

「経営管理学です」

「M・B・Aですね。私もシカゴには国際会議で行ったことがあります」

プロフェッサーはシカゴの郊外のオークパークにあるフランク・ロイド・ライトの設計した家が、一瞬脳裏をかすめたがすぐ打ち消した。（あの建物は海のそばには合わない）

「ライトによる建造物は、日本に残っているかしら」

プロフェッサーはたづ子に尋ねてみた。

「帝国ホテルの旧館が明治村に残っております。自由学園明日館もそうですね」

ミセズ藤井は綺麗な英語の発音で話す。時折、おや！　と思う言葉を耳にするが、自由なコミュニケーションをするのに差し障りはなかった。きっと立派なご主人が付いているのだろうとプロフェッサーは思った。立ち居振る舞いが優雅で会話の内容も高級で、テニスもしているらしい。プロフェッサーはミセズをハイソサエティの人間と決めつけた。


たづ子は、県の住宅公社が建設した分譲アパートに夫と住んでいる。マンションと名付けるには狭すぎる。戦後もてはやされた公団住宅に毛が生えたようなアパートに過ぎない。自己所有なので、世の中の言葉に合わせてマンションと呼んでも差し支えはないが、日本語のマンションは英語ではプライベート・アパートメントなので、人に説明する時にも分譲アパートに住んでいると臆せず言う。一戸建てを構えている知人・親戚・友人たちは、無表情の下に、さげすむ影をちらりと見せる。鍵一つで気軽に外に出られる便利さを強調するも、内心、優越を感じているのがたづ子には分かった。居住地が大磯のイメージは別荘地を連想するらしく、「良いところに住んでますね」という言葉が必ず戻ってくる。たづ子の娘が友達の家に遊びに行った際に、大磯に住まいがある旨を告げると、母親に三つ指をつかれたらしい。顔を上げ娘を見ると「なあーんだ」と言われて心が傷つき、たづ子は自分が勧めた大学に娘を学ばせたのを後々まで悔い悩んだ。大磯の気候と自然は素晴らしい。隣の街、平塚で雪が降っていても大磯では雨で、スイートスポットにそっくり地域が入り、そこだけが別世界のようだ。アパートの四階の端がたづ子の専有部分だが、ゴルフ場の向こうに銀色に輝く海が見える。

線路の前で一時、車が止まった。

「登山電車の線路です。東京箱根間往復大学駅伝競争の時には、ランナーを先に通し、電車が止まるそうです」

「駅伝?」

「お正月の二日に、東京大手町の新聞社前から一号線に沿って芦ノ湖畔まで、ひた走りに走ります。往路ですね。三日は復路で、同じ道で東京に戻ります」

「まさか一人で箱根まで走るのではないでしょうね」

「五区に分かれています。そこを若者たちが、タスキを掛けて走るのですが、タスキがバトンの代わりを果たしてます。つまり、道路で行われる長距離のリレー式競争が駅伝競争です」

「電車まで止めるとは凄いですね」

運転手は慣れているせいか、車は蛇行している道をスイスイと進んで行く。窓越しに稜線がくっきり描かれているのが分かり、空の色を引き立たせてはカンバスに最初に描く新緑がどこまでも続いているようだ。視線を下げるとツツジの一群が飛び込んできた。

「お正月の慣例の行事で、皆さん楽しみにしております。もちろんテレビでも放映されますが、私の家の前が一号線の道路なので旗を振り応援します」

プロフェッサーは優雅に夫と一緒に応援しているミセズ藤井の姿を想像した。ジャンプスーツを着て人目を惹いているにちがいない。

たづ子は一人で旗を振っている。間近に路上で見るランナーの息吹は素晴らしい。

たづ子はランナーのカモシカのような姿を脳に吸い上げ、体に若さを導くと生きかえる。反対側で白いウィンドブレーカーが嫌に目立っている。たけしだ！　いつから心が離れたのだろう。親や兄弟の面倒を見るのが第一で、それを踏まえての結婚であるという家族主義を強調する夫側の言い分に、たけしは共倒れになる恐れを憂い、二人で努力する道を選び、たづ子も無視しようとした時点で悲劇が始まったのかもしれない。母からの手紙「悪魔の便り」でことごとくたけしは痛め付けられた。小舅の射撃攻勢（マインドコントロール）でたづ子もおののき、たけしの避難場所は酒場になった。それでも絆が切れなかったのは、八方ふさがりで戻る場所がなかっただけで、心の底に不純物が次第に溜まっていくのが分かる。たづ子の忍耐は発展的解消ができるまでとの決め付けが、悪循環するきっかけになるとは予想しなかった。


「私たちは今、蛇骨橋を渡っております。蛇の骨の橋です」

何の変哲もない橋なのだが、名前が気に入り説明する。

「では、下を流れているのは蛇骨川？」

「そうです」

前方に宮ノ下の信号が見えてきた。ホテルの前を通りすぎ、慌てて説明した。

「あの建物は和風建築ですが、様式は洋風です。戦後、日本がまだ占領下であった頃、進駐軍専用でした」

たづ子は指を差しながら話した。

「ユニークな建物です。面白いですね。東西文化センターということかしら。あはは……」

「あはは……」

たづ子も笑った。

ハイヤーが宮ノ下のカーブを曲がるとホテルの全景が迫ってきて、プロフェッサーは視線で追ったがすぐ通過してしまった。路上車が少ないせいか車は気持ちよく風を飛ばし、坂道を降りていく。

「箱根の山は気に入りました。日本で学会がある時にまた参ります」

「今度は桜のシーズンにいらして下さい」


たづ子はガイドの仕事をしている時が一番楽しい。実家で生活していた頃、独身の日々に培われた文化的素養がすべて活かされる。特に、お客さんに会うと自然に笑みがこぼれる。ダイヤモンドダストと同じ自然現象の一部のような笑みかもしれない。結婚生活で何回となく味わった絶望感を乗り越えたあとの、水の流れに心地よい春風が水面を揺らしている気分だ。

商家に生まれたが、忙しい生活と家族制度、たづ子に芽生えた小さな知性が現実の生活を拒否し、結婚へ逃げたが、その後の生活は厳しく暗い冬の時期が続いた。仕事に携わりまだ華やかな雰囲気が残っており、程良く着飾り、お客さんと応対するのがやはり性に合っていた。「結婚生活は糞食らえよ」とたづ子は小さくつぶやいた。

「何かおっしゃいましたか」

プロフェッサーは年齢不詳のミセズ藤井に好意を抱いていた。柔らかい振る舞い、そつのない返答と説明の仕方に嫌みがない。洗練されて目に見えない東洋の静けさもある。

「いいえ、別に」

（日本語が分からなくてよかったわ）と、たづ子はほっとした。

車は大平台駅を確認して左折した。左手の崖から枝垂れ桜の枝が道路めがけて覆い被さっている。桜のシーズンは過ぎ、葉の緑が冴えて箱根の新緑の輝きに色を添えているが、ほんのちょっと前まで桜の花が満開で、花の霊妙な生気が心身の隅々まで染み込んでいた。この季節に頼まれる仕事は容易《たやす》い。「チェリーブロッサム」と言いながら満面の笑顔を見せ、桜に歓喜しているお客様に出会うと、説明をしなくとも日本に観光に来た目的の七〇％は満足してもらえる。あるいはそれ以上かもしれない。日本の四季は無言の美をかもし出している。

「ああ！　登山電車よ」

娘のブイックが顔を上げ指を差した。彫りの深い顔で体全体が大柄なブイックは父親似なのだろう。プロフェッサーは平面的な顔で背はあまり高くないが、流れ落ちるような動作だけは似ている。車がカーブを切り、ゆっくり左に曲がろうとした時、崖の上に登山電車が走っているのが見えた。

「もうすぐ塔ノ沢ですね」

たづ子は体を支えようと助手席の取手を掴む。

「そろそろ山服に映える新緑もこの辺りまでで、箱根のダウンタウンに入ります」

「ダウンタウン？」

うわずった声でブイックは聞き返した。

「箱根への入り口にある温泉が湯本で、およそ七十軒の旅館があり、お店屋さんが並び賑やかなところです」

車は旭橋を渡った。

「ここからが湯本温泉です」

軒並みにお土産屋さんが続いて観光客で賑わっている。たづ子は一瞬、郷愁にかられ胸が痛んだ。実家で培われた七つのベールの一つがガイドの仕事なのだろう。結婚したら夫の家のしきたりに従うのは当たり前だが、たづ子にはできるはずがない。好き合って結婚したのだから夫の身内に尽くすという日本の風習には馴染めなかったのだ。(愛への冒とくよ)と、たづ子はベールを外さないことに決めた。

「ミセズ藤井、駅が見えますよ」

ブイックの声に、たづ子はびっくりした。

「湯本駅です。小田急線で、東京の新宿駅まで走ってますが、ロマンスカーに乗りますとおよそ一時間三〇分で着きます。通常私たちはこの線を利用します」

「新幹線?」

「いいえ、違います。新幹線は小田原駅で乗ります。これから十分くらいで小田原駅に着きますよ」

一夜城の看板を通り過ぎると小田原市内で、カマボコ工場の建物を目印と勝手に決めている。みちのく故郷の街の産物もカマボコだが形が違う。七つのベールをかぶった青春白書の主人公は、どんな場所でもエリートで一目置かれていたのに、どこでチャンスを見失ったのか一軒家は持てない状況だ。一大史跡の小田原城を眺め、たづ子は二人を新幹線に乗せる。

「ありがとうございました。あなたにお会いできて嬉しいです。あなたはビバリーヒルズの住人になるのにふさわしい女性です。ミモザの館でもいいわ。似たような家にお住まいなのでしょうね」

異人客は言いながら手を振った。と同時に新幹線のドアも閉まった。

かなべえ

青空にクリスタルな音が響き、テニスプレイヤーたちは動いている富士山を目の当たりにした。と言うのは試合中に様々な角度から富士山が頭をかすめ、ゲームのポイントを数えながら無意識に脳裏に焼き付いているからだ。

たづ子はテニスをしている時間を「パールの華」と名付けた。スポーツをしている間は何もかも忘れ恍惚の状態でいられる。とにかく楽しい。生活の不安はラケットに集めてボレーで決め投げ出す。爽快さで心と顔の皺が伸びる。嫌な夫のイルージョンはスマッシュを打ちアドバルーンにして飛ばす。煩わしい雑事はラリーを続けて土の中に埋める。浮き世の辛さは全部まとめてスピンにかけ、ゲームは身震いして楽しむ。ラブ・フォーティから追い上げ、試合をものにした時には全身が空中に舞い、対戦相手が年下とくればたまらない。憂いで死にたくなっても、たづ子にはテニスがある。たづ子は生涯スポーツリーダーの資格を取り、夫たけしにもプレイするよう勧めた。

チェンジコートで富士山側に立つと遠くに丹沢の山並が見え隠れし、手前にはなだらかな稜線が強いタッチで描かれ、湘南の外れの温暖な気候が納得できた。

たづ子はたけしとペアを組み試合に挑む。たづ子はボールを拾いたけしに渡した。たけしがサーブを入れる番だ。

「ダブルフォルト」

梨佳の声が空に響く。

たづ子はたぎる思いを抑え対戦相手を見た。ペアルックで梨佳がフォアサイドで夫の雄次がバックサイドを守っていた。二人は息が合っており「かなべえ」がプリントされているTシャツが応援しているようにも見えた。

かなべえは一九九八年、かながわ・ゆめ国体のマスコットで、種々団体での競技に打ち込む可愛らしいポーズのかなべえがあり、二人はもちろんテニスをプレイしているかなべえを選んでいた。目つきに特徴がある。

（私の目つきと似ている）たづ子は目線を六〇度下に落とし、夫を斜めに見ている姿を想像した。夫婦で協力して社会に立ち向かおうとはしないたけしに夢を託せないので、別離のチャンスを狙っては横目を使っている。

白石雄次・梨佳との試合はトッシング・ア・マッチで、案の定、最初から試合を投げているように歯止めがかからないで負けていく。申し分のない相手なのに、自分の技を磨かず尻込みして活かせない。

たけしはたづ子とペアを組むと萎縮して手足が出なくなる。たづ子は両眼をぱっちり開いて事を始めようとしなかったのを悔やんだ。

友としての絆は美しく結べるのに、結婚の相手としては相性が悪かった。（永すぎた春に雪解けはいらなかったのよ）とたづ子は思う。

「ラブ・フォーティ」

たけしのボレーが決まらない。ネットにボールを引っかけた。たづ子の前に、ころころとボールが転がる。たけしがスマッシュを空振りしたのだ。

「ゲーム」

雄次が大きな声を張り上げた。

たづ子はリモコンのボタンを押せばラケットが銃に変わり、無差別にぶっ放して、まずたけしを殺したかった。

「どうなさいました？　かなべえたちが笑っていますよ」

梨佳は上品なたたずまいで控えめに言った。

「願ってもないチャンスなのに、どうしてがんばらないのでしょうね。主人はどうにもしょうがない」

たづ子にはもうどうでもよかった。たけしがあまりにミスをするので、やる気をなくしたのだ。ダブルスはペアの気持ちが一致しないと絶対に勝てない。たけしとたづ子はスタートラインには立っておらず、逆の方向に走って人生を逃げている。Tシャツにプリントされているかなべえが近寄って握手しているように見える白石夫妻が、他人の弱点につけ込んで悪口を言わないのが、たづ子には救われた。教養がある立派な人にちがいない。二人はステータスシンボルでテニスクラブに入り、健康維持と優越感をかねてテニスをしているが、豊かに恵まれた私生活と社会的地位を基盤に楽しんでいるテニスライフは夫婦の絆を固く結び付けている。クラブのメンバーの中には同じようなカップルが何組か見られ、このような人たちがクラブの優雅な雰囲気を醸し出していた。

たづ子は試合を放棄したいがぐっと堪える。ワンサイドゲームでゲームポイント5－0とリードされ、もう一つゲームを落とせばたづ子側が負けるので白石夫妻は微笑んでいるが悪気はない。突然たづ子は空しくなりたけしを見たが普段と変わりはなかった。ロウソクの炎はまだ燃え尽きていない。たづ子は調子を取り戻した。

たづ子にサーブを打つ順番がきた。(何とか一ゲームだけでも取りたい。たけしのところにはボールがいかないように、私一人で勝負しよう) 一瞬華やぎ、何もかも忘れパールの華の世界に没頭した。

たづ子は、かなべえめがけて打った。黄色のボールはいったんサービスコートにには戻らない。

入ってからサイドスピンがかかり、梨佳は難なく返すが、ボールはたづ子側のコート

「フィフティーン・ラブ」

たづ子は大声を上げてカウントした。次は雄次にサーブを入れる番だ。簡単にボールが戻るがパッシングショットを打ち返しポイントを取る。

「サーティ・ラブ」

ホオズキが揺れるような気配が感じ取れた。クラブハウスの階段を下りコートへ行く途中にホオズキが実を結び会員は無意識に立ち止まる。

雄次と梨佳が近寄り相談しているのが見えたが、すぐ守りの位置に戻ったので、たづ子はプロの女性プレイヤーに教わったとおりにサーブを打った。梨佳は見逃しサービスエースになった。

「藤井さんの奥さん！　キャノンボールよ。素晴らしい！　打ち返せないわよ」

「フォーティ・ラブ」

たづ子の声は天まで届いた。（もう一ポイントでゲームが取れる）たけしの存在は忘れ、シングルスの試合をしている気分になり、しばらくストロークが続いた後に思いがけずたけしがボレーで決め、ゲームをものにした。5－1、たけしに豆粒ほどの執着と未練が芽生える。

「奥さん！　素晴らしいサーブを打ちますね。テニスがお上手です」

雄次はたづ子を褒めた。

「負けては意味がないです」

「そのうち上手くいきますよ。ねえ、梨佳」

「そうよ、悲観することはないわ」

梨佳は雄次に相づちを打った。

6－1で試合は白石夫婦の勝利で終わったが、たづ子はたけしと同じクラブの会員なのを嘆いた。しょせんたづ子とたけしの相性は悪く、一緒にいるとお互いに傷つけあい、たづ子の助言も空しく、ぶら下がっている人参をも蹴っ飛ばす。子どもに釣られ、ずるずる日常生活を営んできたのをのを悔やんだ。思い切って別れるべきなのに、自分が自立していないのでできない。白石夫妻が羨ましい。生活にリズムがありレベルが高い。庭のある家、ご主人は一流企業勤務、おまけに息子二人は一流大学在学中と非の打ち所のない絵になる家族で、週末はテニスに興じ優雅な生活が営まれている。知人には尊敬されナイスカップルの見本としてもおかしくない。同じスポーツの楽しみ方にしてもたづ子とは違う。ステータスシンボルとしてビクトリア社会の有閑階級に流行った楽しみ方で、別荘族が軽井沢でプレイするテニスと似ている。

たづ子がスポーツを始めたルーツも同じで、戦前、上流階級だけが楽しんでいたテニスが出てくる場面の小説を読んで真剣にプレイしたいと憧憬した。映画『虹を掴む男』のダニー・ケイが演じた役のように夢想する。小説の内容は軽井沢でのテニスマッチが中心の青春物語。主人公が着ていた白色のテニスウェアをまとい、空想を実現させるのが希望に転じたが、たづ子のテニスへの姿勢は日常生活を忘れる逃避であり麻薬のようなもので、いつも考えているのは生活の戦いの手段で、ロブを上げようかストレートで打って決めようかで、人生の道のりが変わる。

それにしてもたづ子はテニスに興ずることで、紳士的なフェアの態度、振る舞い、勇気や忍耐、不屈、自己犠牲、思いやり、他者への奉仕と、精神的資質を形成するような手立てを学んだ。

白石夫妻は車に乗り、仲良く手を振って帰って行った。たづ子たちも車に乗るが終始無言で、シャツのかなべえが何か叫んでいるようで窓を閉めた。

青葉城址公園

たづ子はたけしと会う場所を青葉城址公園に決めた。最後に絆をほどくには不適切な場所と躊躇したが、内輪の出来事を無言で告白するにはふさわしい場所に思えた。

ここは市民なら一度は足を運んでいる場所で、古い記憶では祖母に連れられ友人を交えておでんを食べ、茶屋ではしゃいでいた情景はつい昨日のような気がする。たけしとのこの地のメモリーは強烈に覚えており、鮮明な絵を塗りつぶす余力はなかった。たけしに「別れのノクターン」を奏でる故に杜の都を眺め、青葉城址公園に立っている。彷徨える魂も誠もしがらみには勝てず、廣瀬川に涙を流し美しい思い出だけを残そう。たけしとは綺麗に別れるのだ。

（あら！　海が見える！　きらっと光ったわ）

地平線のかなたに薄い鉛筆で線を引いたようにビルの間から見え、空と接地していた。

（雲ではなく海よ）

たづ子は一歩進み、かかとを上げて背伸びをする。

（このままでいいのよ。前方には何もさえぎるものがないのに）

クスッと笑った。

八木山橋のほうから歩いてくる人が多くなり、その人影も自然に後ろ向きになる様子をぼんやり眺めていると、人の群れから抜けて走って来る人が見えた。

「遅くなってすみません」

たけしはミニ七夕の笹を持っていた。

「差し上げます」

「いらないわよ」

「最後まで素直じゃないな」

「あなたの知ったことではないわ」

「大学で一緒に学んで結婚するのは問題がありますね。我々凡人には」

「とにかく結論がでました。実行するだけです」

たづ子の顔には七夕の前夜祭の賑やかな明るさはないが、宵の明星の幻影は残っている。たけしと別れると決めてから涙が止めどなく頬を濡らし、その度に生活で味わった辛く苦しい絶望感を思い出し、笑顔を作った。子どものために、一年に一度七夕の日に会おうと最後に話し合ったが、空約束にちがいない。

たづ子は大学を卒業しても就職しなかった。当時、女子学生は少なかったので中学、高校の英語教師や、父の関係で市役所の観光課の仕事があったのだが、母の泣き落とし戦術で仕事に就くのをやめ、花嫁修業に励み、お見合いで経済力のある男性と結婚するのが筋書きであった。

たけしとは大学生の頃から付き合っていたが、卒業の時に別れると決めていた。しかし、家と家との結びつきがいまだに尾を引いており、社会の常識に従いたかったが、たづ子の意思とは裏腹に、たけしと別れるのは大学生活で経験した華やかな環境とも決別することになると思い（無知が故に幻影を見ていたのが結婚して分かる）、たけしにしがみついた。

大学で専攻した「英語」を捨てよう。英文科に入学し、たけしの英語に魅せられ、頭脳明晰のはずのたづ子が羽をもぎ取られ、たけしと一体になろうとした。吸い取って太らせるだけの英語の能力をたづ子は持ち合わせていない。

「何を考えているの？」

「別に、七夕の笹いただくわ」

たけしは背の低い七夕飾りの笹を手渡した。

「それでは、お互いに幸せになろうね」

たづ子は下を向く。

「また、キューピッドが現れるさ」

「別れるのは辛くないわ。星に願いを込めて、この笹に短冊を付けます。一生打ち込める仕事を見つけ、子どもたちを立派に育てますと」

「頼むよ、相当やつれている様子だから、以前の美しいたづ子に戻ってよ。ご両親のもとで培われた豊かな生活環境、華やかな社交性、美しさは僕には荷が重すぎて邪魔で活かせきれません」

「あなたの名前を耳にするだけで、身も心も溶けてしまっていた時もありましたね。古今東西、恋とは悲劇の美学かもしれない」

「オペラの歌詞のようですね。とにかく僕には優しくて素直で従順な人が理想の女性です」

「真実の愛でしたのに」

「愛じゃない。燃え上がった恋、だんだん狭められていくような恋は愛とは言えない。僕は親や兄弟と上手く付き合ってくれる人と恋に落ちます。それ以外の条件が劣っていても苦にならないでしょう」

「愛に偽りはないと誓ったのに」

「あははは……五月闇に星さ」

たけしは間をおいて言った。

「いい加減にしろよ」

たづ子はびっくりして顔を上げた。遥か彼方に新幹線が走っていくのが見える。

「たづ子！　元気でね。さようなら」

「さようなら、parting is such a sweet sorrow」

たけしがよく使っていた、シェイクスピアのジュリエットのセリフを口にし、感情のトーンを変えた。

（市電が地下鉄になったはず、地下鉄に乗ろう）

JOHN FORD POINT

「自然の彫刻！　素晴らしいわ。日常茶飯事は忘れます。苦労など水に流すのよ。自然の雄大な営みに乾杯！　今まで自分の不運を嘆いていましたが、とんでもない、私は幸せ者です。じゅん！　どうもありがとう」

たづ子は息子に連れられて、アメリカ西部に足を踏み入れた。アメリカに行くのには腰がなかなか上がらなかったが、たづ子はじゅんの強引さに負けてよかったと思った。

「どういたしまして。今まで一人でよくがんばりましたね。働きづめでした。この辺でご褒美というところかな」

「ジョン・ウェイン主演の映画『駅馬車』のロケ地ですね」

「左に見えるのが西ミトン岩、次が東ミトン岩、向こうがメリック台地です」

じゅんは指を差した。

「ママは恵まれた生活を送ったのでしょう！　若かりし頃は」

「高校生の時はね、週に二回映画を観てました。まあ、娯楽といえば映画だけでしたから」

「結婚がまずかった。そうなんでしょう？　父くらい人がよくて純粋な人はいません。ママも性格がいいのに、人生なんてこんなものかな」

「じゅん！　見てごらんなさい、太陽の光かげんで形が平面的に見えたのが立体的に変わりました。大地にそそり立つ立派な天然記念物ですね。城の形をしているのもあります」

たづ子とじゅんは「モニュメントバレー」、またの名を「ナバホ族の公園」の中にあるロッジの前に立っている。

たづ子は朝食をとりにレストランに行った時、日本人七、八人と出会った。皆もモニュメントバレーを見て顔が紅潮しているのを見て、広大な原野に浮かぶ形成物を見ての興奮状態ではなかったかと、たづ子の気持ちと同じなのが納得できた。

「これからビジターセンターに行きます。そこで小型観光バスに乗り、ネイティブアメリカンの青年が案内してくれます」

たづ子は手の甲をつねってみる。

「現実なのね。Dreams come true. ってとこかしら」

「ママ、とっさに英語が口から出るなんて、やはり英文科出身ですね」

「英語は忘れました。英語を使うと、じゅんの父親を思い出します。意識して英語を捨てようとしました」

たづ子はじゅんに促されて車に乗った。

「あの人は本当に英語が素晴らしかったです。読み、書き、話すall purposeでしたね。それに惚れたのですが、結婚となるとまた別ですね。よくあるケースで別れました」

「僕はどうして別れたかは聞きたくない……。父は好きでしたし、まぎれもなく善人です。ママ、ビジターセンターに着きましたよ」

二人は車から降り、壮大な眺めに固唾を呑んだ。

「不思議な光景、アメリカの文化に盆栽がないのが当然です」

たづ子の言葉にじゅんもうなずく。

前の夫たけしとは大学のクラブ活動で一緒になり、すぐ親しくなれた。共に揺れ動く行動のシャドウは透き通り、クリスタルである。最後の一線に踏み込んだのも、考えに考えた末、たけしとは何でもうまくいくと確信し周囲の意見に聞く耳を持たなかった。クリスタルな神聖のくだりに不純物が入ったのは、嫁が親や兄弟に尽くすのは当然で別な生き方を認めなかったためだ。その頃の社会常識、風習は避けがたく、たづ子の世間知らず、無知、無策が人生を狂わすことになった。

「ブーツはいかがですか？　雪解けで道はぬかってます」

声のほうに振り向くと、居住民の少女が立っていた。たづ子はとっさに足を上げてブーツを見せた。ロサンゼルスのマーケットで無駄遣いかと一瞬ためらったが、アメリカで主流のカジュアル用品店の靴は有名品とお墨付きで勧められたのと、お店に片方だけが置いてあり、その中から好きなのを選び、カウンターでもう一方を受け取るのが面白くてブーツを二足買った。ところが底のゴムが少し剥がれており、騙されたのが悔しかった。

「じゅん！　ブーツを買って正解でしたね」

「そうですね。あっ、ハンサムなガイドさんが手招いてます」

「インディアンに見えないわ。素敵な人ね」

「しーっ……」

二人は車に走り寄り、中に入ると先客が席を譲ってくれた。

「これから偉大な自然のモニュメントをご案内します」

英語で話す声もまた魅力がある。前の席には日本人が座っており、英語での案内に相づちを打っていた。

「あれが象の岩山です。象の頭と鼻にそっくりでしょう」

「まったく自然の力はすごいですね」

ガイドが英語で案内をする中、たづ子の前の席の客は日本語で話しかけた。

「雑念を忘れますね」

たづ子も日本語で言った。

たづ子はたけしを信じ、素直にたけしの家族と付き合おうとしたが、たけしやたづ子の身内がいる場合とたづ子一人の時とでは、たけしの身内の態度が豹変するのに傷ついた。たけしと結婚した意義が失われる苦しみにさいなまれ許せなかった。恋とは幻にちがいない。

「今までのあくせくした生活が嘘のように消えていきます」

たづ子は息を大きく吸った。

「ママの実家ではよく面倒を見てくれましたね。どうして英語の先生にならなかったの？　自活できましたのに」

「英語は捨てたと前にも言ったでしょう。聞かないで」

たづ子の実家はよろずやで、商品は多様性を帯びていた。お店を手伝い、実家の借家に居を構え、子ども二人育てたが遺産は貰えなかった。

「あそこに見えるのが三人姉妹の岩で、手をつないで歩いているように見えます」

ガイドは絶え間なく笑顔で説明している。雪は砂漠に生えるブッシュを隠していた。

「もうすぐ、JOHN FORD POINT《ジョン フォード ポイント》です」

ガイドの声に客はマフラーを巻いたり、コートを着て車から降りる準備をし、じゅんはそわそわとハンカチで何度も顔を拭いていた。

「じゅん！　汗が出るはずないでしょう。どうしたの？」

「風邪でもないのに熱っぽいです」

「おかしいわね、気を付けなさいよ」

たづ子はじゅんの体を心配しながら、ほかの客と一緒に展望台に上がり、JOHN FORD POINTに目を向けた。岬のような台地の出っ張りがあり、ジョン・フォード監督好みの場所で、ここから指示を出して映画を撮った。ポイントに人影が小さく揺れ動いている。

「ああ、あそこにジョン・フォードがいる。メガホンを持っています」

アメリカ人の客が冗談をとばした。

「駅馬車が走っているぞ……」

友達らしい人が相づちを打つ。

「ポイントまで歩きたい人は行ってみても構いませんよ」

ガイドの言葉に、

「ママ行ってみよう」

とじゅんは言って、たづ子を引っ張る形で先に歩いて行った。

すると、たづ子たちに誰かが近づいてきた。たづ子はその人の着ているコートの型や色といい、見覚えのあるような気がしたが思い出せない。

「たづ子じゃないか」

たづ子はびっくりして凝視した。たけしが笑顔で立っていたのだ。同じ笑顔でじゅんがそばに寄り添い、たけしの肩に手をのせていた。

「たづ子と呼ばないで下さい。もう他人です」

「すまんすまん、元気そうじゃないか。とにかく脱帽しますよ。息子を立派に育ててくれました」

「私の息子よ」

たづ子は気の置けない付き合いが戻りそうで慌てた。

「じゅんが知らせたのでしょうか」

「ちょうど商用でラスベガスに来ておりましたので、再会するよいチャンスだと思いました。僕は全然変わってませんよ。再婚はしませんでした。親や兄弟の面倒を見ていたのは熟知でしょう。その後は一人身の気安さであちこち飛んでいます。それこそ飛行機をバスのように気軽に乗って世界中を歩いています」

「じゅん！　ママを裏切っていた不届き者、あなたとは絶交です」

「まあまあ、怒らないでよ。企業留学でシカゴ大学に在学中、父が上司の知人だと分かり、日本に帰って来てからもたびたび会っていました。神の思し召しにちがいありません」

じゅんは腕時計を見た。

たづ子は、ある時期から無性に明るくなったじゅんを思い出した。恋人でもできたかと推察していたが、たけしと会っていたのだろう。

「プレスリーの歌っているMIRACLE OF THE ROSARY《ミラクルオブザローザリイ》です」

じゅんは、たづ子の好きな歌手を覚えていて口にした。

「そろそろ車に戻る時間です。親父も一緒に乗って行きませんか。一人くらいなら大丈夫です。日没のモニュメントバレーを見て、ママと語り合うのはどうです」

「別に何も話すことはないです」

たづ子は突っぱねながらも心が溶けていくのが分かったが、友情以外の愛はないと思った。情景のせいにしよう！　気楽にたけしと話してみることにした。大学時代に男女の友情があると信じて男友達と付き合っていたが、いつも馬鹿を見るのはたづ子である。今度こそ真の友情が育つかもしれない。

太陽が大地を染めながら静かに落ちていくと、岩塔郡は芸術作品になり華麗に輝きはじめる。

蝶の舞

「花びらかしら？」

たづ子はまぶたを擦った。

「蝶だわ」

じっと手を取り合いながら潜んでいた一群が、一斉にそよ風に乗って飛び出したようだ。

丘陵一帯はみかん畑が広がり、麓の窪地には柿の木が誇らしげに枝を伸ばし、たづ子の家が隠れるようにあった。ワンブロック上り田舎道に出ると、遠く海が見える。

たづ子の夫、たけしの知り合いの好意で住む家が見つかった。柿の実を取ろうと手を伸ばし、枝ごと取ってはおやつにして体を休ませることができる家で、庭は貸家にしては広かった。２ＬＤＫの一軒家で四軒並んでいる。蝶が舞うのが好きで選んだ場所で、鮮やかに通り過ぎていく。

幻想的な情景とは裏腹に、たづ子は今の境遇に母が漏らした一言が的を射ていたのが分かった。たけしと結婚した時、「あなたは運がなかったのよ」で片づけられた。ババを引いては振り出しに戻る結婚生活で、誓い合って交換した指輪はとっくに外した。

大家さんはすぐそばに邸宅を構え、二階のリビングから家作（貸家）を見下ろしている。

たづ子は結婚するまで、大家さんの三倍の広さがある家に住んでおり、小学生の頃にはかくれんぼしては父に叱られた。現在置かれている立場になかなか馴染めず、自然に大家さんの家族と挨拶をかわす回数が増えるが、コミュニケーションを持たなければと焦れば焦るほど戸惑いだけが先行する。感情が素直になれない。普通に話しても「生意気よ」と大家さんの無言の表情が見てとれ、心情は揺れるものの、姿は穏やかでお嬢さん育ちの面影が残っていた。

たづ子は廊下もベランダもない部屋から素足で庭に降りた。ぶかぶかのジャジーのズボンの裾が土につきそうになり、しゃがんで二つ折りにしたが、蝶はまだ流れて舞っている。

「風紋でも作るのかしら」

たづ子はつぶやきながら眺めていた。

都会の団地暮らしでは見られない光景で、今まで白い壁を見ながら狭い部屋で食事を取っていた圧迫感から、徐々に解き放されていくようだ。ミモザの花も蝶に見とれ黄金色の輝きを放ち、まわりの草花に歌をせがむ。

黒い縞模様の蝶が一羽寄ってきた。自らの意思なのだろうか、たづ子は突然、涙がこぼれた。

「姉だわ。姉の後身かもしれない」

アゲハ蝶のあとをすぐ追ったが、蝶はそんなことなど知らぬふりをして、悠々と飛んでいった。大家さんのお嫁さんが野アザミを持って立っているのが見えた。

川崎駅改札口前の広場は人であふれていた。午後三時の待ち合わせだが、たづ子が着いたのは二時四十分頃、辺りを見渡すと正面のびゅうプラザが口を開け、客を吸い込んでいる。姪とは三十年ほど会っていないが……、見つけられるか一抹の不安はあったが勘に任せることにした。たづ子の二、三歩横に女性が立ち止まった。空気の動きが知らせてくれた。

「美紀ちゃん?」

たづ子が知っているもう一人の姪と共通のオーラがあったので声をかけた。

「叔母さん! よくいらして下さいました。お医者さんは一カ月ぐらいしか持たないと言ってますし、おひでさんが叔母さんにとても会いたがっていましたので、お電話しました」

美紀は自分の母を「おひでさん」と呼んだ。二人は駅の地下街に降り商店街に入った。たづ子はお店の数の多さに目を見張ったが、マッチ箱が横に連なっているノスタルジアを感じた。

「このウナギ屋さんは息子が来た時に入るお店で、とても美味しいです」

美紀は言った。ウナギ屋からほんのりとウナギを焼く匂いがただよったが、すぐそれも消えた。エスカレーターで大通りに上がると陽光でまぶしい。めがねにサングラスのカバーをした。カバーはパームスプリングスに行った時、朝市で買った思い出がいっぱい詰まった唯一の宝物であり、たづ子が使用しているめがね（近視）は、ジョン・レノンが掛けていた丸いめがねを潰したような形なので、カバーを見つけた時には小躍りしたほどだ。第二次大戦を境に戦前、戦後はめがねと言えば丸いめがねだけで、デザイナーが手がけるしゃれためがねのフレームはなかった。

「あの陸橋を渡ると、おひでさんが入っている老人ホームです」

たづ子は美紀と陸橋を無我夢中で渡った。

美紀がインターホーンで連絡するとドアが開いた。こぢんまりとしたマンション風で敷地は狭く上に伸びている。エレベーターの中は普通より広く、たづ子たちは三階で降り姉の部屋に入った。

小さな体が身震いして、ベッドに横たわっているのが見えた。自慢の元気な姿はどこに置いてきたのだろう。

「たづちゃんが来てくれたわよ」

美紀の言葉で、たづ子はベッドのそばに寄った。姉のひでは泣き出した。たづ子は両手でしっかり姉の手を握りしめたが、やせた手に二度びっくりした。

「母は百歳まで生きたのよ、がんばりなさい」

姉はたづ子の声にきょとんとして、泣くのをやめた。

母は父との愛を得られず、子どものために生きようとした。母には経済力があったので離婚しようとしたが、祖母が許さなかったので周りに菌をばらまきながら生きた。「私は父親似よ」と姉は口癖に言った。

母の不幸は母に原因があると思われがちだが、たづ子は父親が悪いと常々思っていた。母は戦前の旧地主の娘で、資産家の家で養女として育てられ、父は入り婿であった。父は家業の商売を嫌い、別な道に進もうと出て行ったが、結局資産のほとんどを使い果たし戻ってきたのだ。頭脳明晰で芸術的センスに優れた父親であったが、商売には向いていなかった。

「おひでさん、起きますか?」

美紀のかけ声で姉は起き上がり、ベッドに腰掛けた。たづ子は視線を姉の目に当てたがはじき返された。唯一、美紀の言葉に助けられて会話は進行した。

「きみおばちゃんのこと知っている？　大学生と駆け落ちしたのよ。私だけ知っていて誰も知らないの。今やっと、秘密を打ち明けました」

姉のうつろな眼は、突然生き返った。過去の幻影が元気の源の触媒になるのを初めて知った。きみおばちゃんは父の妹で美人で誉れ高かったが、お膳立てされた結婚に満足できず、夫と子どもを捨て大学生と出奔したらしい。たづ子の気持ちも興味で高ぶった。

「その後どうなったの？」

「男性は亡くなりました」

その後、父の妹は東京で落語協会の簡単な仕事をして生涯を終えている。

姉は主語の人物の名前がトンチンカンになりながらも元気を取り戻した。母方の従姉の話題が出始めると、身振り手振りを交えながら目がらんらんと輝く。過去の情景は瞬間に幸せを招くのだろう。その様子を見てたづ子も幸せになった。確か小学四年生の頃ではなかったろうか、花模様のプリント地で有名なファッションデザイナーがデザインした洋服を着て、母の実家を訪れた時の得意気な気持ちは忘れられない。すでに到着している姉と従姉に会い、泳ぐのを楽しみにしていた。ところが、二人はたづ子との約束を忘れて前日に水泳に行ってしまい、たづ子は泣きわめいた。色づいた確かな記憶は姉の言葉でよみがえった。

従姉と親密な間柄であった姉が思いを馳せるのは当然と思ったが、従姉は四十九歳の若さで亡くなっている。話題に取り上げる人物が、もはやこの世にいない人ばかりで、姉は苦しみのない極楽で楽しく話題を提供しているのかもしれない。苦労をものともせず、境遇に安住しないで志を高く持ち、栄光を勝ち取った姉夫婦。美紀がそっと写真を見せてくれた。一人では歩けなくなった姉に、夫が優しく手を差し伸べている写真であった。

姉は旧制女学校から専攻科に入り、大学教授の助言により開眼し、生涯俳句に精進した。晩年は同人誌を主宰し、百名近くの同人に恵まれ、句碑が立つほど有名になったが、全力投球で生きてきたせいか疲れが生じて病に倒れた。「大野林火」や「野沢節子」さんの話題がたづ子の耳にたびたび飛び込んでいたが、当時は経済的な豊かさが何よりも優先されると考えていたので、姉の生き方を疎んじていたが、しがらみを生む人間関係を嫌ったのは同じであった。

たづ子が持ち家に住めないのは、たけしを結婚相手に選び、自身の生活力の無さが原因であるが、「あなたは母親似よ」という姉の言葉で心の平安は保たれた。実家を離れて頭に浮かんだのは、「母親は人生に対して無防備で無策であった」という事実である。「蝶の舞」ではないが、人生の流れには抵抗できない。姉は口癖に「私は父親似よ」と言った。

窓越しに夜の帳が下りるのが見えた。節々に表れた姉の感情には身内の愛憎がにじみ出ており、たづ子の青春時代が姉の傷心に拍車をかけているのが分かった。

姉もたづ子の人生を左右した一人なのだろう。たけしとの結婚を積極的に進めたのは姉であった。自分で深く考えても、解決の目途は何もない。周りに操られて生きているのだ。

たづ子はとにかく姉が元気になり、病気が回復するのを願った。二人に教わったイタリア語の『サンタルチア』を歌い、別れを告げた。


大家さんの計らいで庭は猫のひたいより広くたけしは芝生を張り、まわりに草木を植えたが、恵まれた自然のおかげで、悲壮感がないのには救われた。生きるためには自分自身が変わっていく必要がある。いつまでプライドが保たれるのか自信はなかった。たづ子は芝生に素足を遊ばせ、賑やかな蝶の舞を見ていた。その時、一羽のアゲハ蝶が戻ってくるのが見えた。マリア修道院からだろうか、姉への気遣いの答えのようであり、部屋に戻り美紀に電話した。

「大丈夫よ、まだ死ぬことはないから」

そう言った姪の言葉が耳に響いた。

東北新幹線

東北新幹線の発車ブザーが鳴った。たづ子は高鳴る期待に胸をふくらませた。

「裏人生《ライフ》の《イズ》ドアが開かれる《ビューティフル》」

「Life is beautiful」

新幹線は静かにスピードを上げ、たづ子は喜びの声を発した。一時間四十分で目的地に着く。トートバッグは膝の上に置くことにし、ゴブラン風のボストンバッグを棚の上にあげようとした時、知り合いの顔を見つけうろたえた。もう一度凝視すると別な人だったので、安心して荷物を載せた。

トートバッグからカツラと鏡を出し、席の前の小さいテーブルに置く。鏡を見るとショートカットの髪が少し逆立っているので、手で撫でた。いつもカットは千円ショップで済ませていたが、今回は一流の美容院で男性の美容師が手がけてくれた。顔も、ほのかなピンク色をしており、健康であるのがすぐ分かる。

変装したいことを友に相談すると、男装がよいと助言された。たづ子はセクシーな体つきをしているので、どんな変装をしても見破られるらしい。たづ子の胸の豊かさを消すのは並大抵ではなく、男装は諦め、高齢者のマリリン・モンローを装った。

目的の駅まで、何度か新幹線は止まった。乗客四、五人がどやどやと入ってきて、座席番号を見ながら歩いて来る。

「あなたの隣が私の番号です。前を通して下さい」

たづ子はカツラから目を離し、顔を上げた。

「どうぞ、どうぞ」

急いでテーブルを元に戻し、カツラを手に持ち足を引っ込めた。

「ありがとうございます。ウィークデーなのに満席ですね」

ありきたりの挨拶にどこか憂いがある。

「日帰りで母に会いに行きますの」

「お母さま、お元気で何よりですね」

「もう長くは生きられません。会えるのは、これが最後でしょう」

たづ子はお隣さんの着物姿に郷愁を感じた。たづ子の母はもういない。茶会のたびに和服を新調してくれ注目を浴びたが、今では想い出だけが残り悲しい。

大学に通い、花嫁修業を終え、豊かな経済力で謳歌した青春時代であったが、意に反しての結婚で母を裏切ってしまった。母の言葉が正しかったとあとで分かるが、自分で選んだ道なので一人で耐えた。茶道文化とキリスト教文化に触れられた過去の環境に乾杯し、ロダンの彫刻『考える人』を直に見られたことで生きられた。

鏡をもう一度取り出し、カツラをかぶってみる。ロングヘアもよく似合っている。どんな小さなチャンスも見逃さないという前向きな構えも消えて、今では温和で物静かなたづ子がいる。これでは故郷で会う人にはすぐに分かってしまう。死に物狂いでがんばっていた時代のショートカットの髪型は身内が知っているので、ブロンドのロングのカツラにした。とにかく本人であるのを見破られるのが恐ろしい。故郷に家を購入したのを身内は知らない。庭には四季折々の花が咲くので、ジャポネ秘密の花園とでも名付けようか、変装して秘密の花園に帰るのが、今では唯一残された生きがいで苦肉の策の果てであった。

安達太良山が見える。なだらかな稜線が女性の雄姿にも見えるが、頂上付近はほとんど樹木がない。この山を望むことで帰郷の実感が湧く。山の説明では、那須火山帯に属する安達太良連邦は磐梯朝日国立公園の南端に位置し、この主峰である安達太良山は別名「乳首山」と呼ばれる、標高一七〇〇メートルの休火山とある。

サングラスとマスクでは見た目がよくない。スパイものやサスペンス映画に出てくる大げさな変装とは違い、平凡な老女の変身は市井の片隅の出来事でしかない。

夫と親や姉弟の絆が九〇％で、残りが結婚生活なので２ＤＫのアパートに住んでいる今の状態が身の安全である。秘密の花園は見つかれば取り上げられてしまう。離婚すれば簡単に解決することなのだが、チャンスに恵まれなかった。

「コーヒーを下さい」

カートがすぐ前に来た。お隣さんは財布からお金を出し、たもとを左手で押さえ渡した。

「私も飲みたいのですが、この状態でしょう。やめておきますわ」

テーブルを指して、たづ子は言った。化粧品が散らばっており、たづ子だと分からなくするために濃く化粧している。透明人間になれる薬があればと軽く考えたが、現実にはありえない。

「ご職業は舞台女優さんですの？　ごめんなさい。あなたのしぐさが目に入りましたので、つい……」

コーヒーを手に話すお隣さんの言葉が胸に突き刺さる。

「いいえ、おしゃれしてますの」

「まあ、素敵なこと。おばあちゃんでもセクシーでいることは、いつまでも華がありますね」

「おばあちゃん？」

たづ子は振り向いた。隣の人の肩にぶつかりそうになり慌てて首を戻した。（セレブの嫌な人間なのだ）暗黙のうちに納得する。

「気にしているの？」

「気にしているわよ」

「あははは……、あなた何をなさっているかご存じですの……」

一層のこと、ベネチアのカーニバルの時に見られる衣装をまとい、マスクを手に持ち変装したなら、滑稽さも頂点に達し、夫から受けた仕打ちが帳消しということになるのか。何回となく絶望の淵に立たされた感覚が一瞬甦る。その都度、友に励まされ蜘蛛の糸にぶら下がった。たづ子はサングラスを掛ける。

「切符を拝見します」

車掌の声で、お隣さんは財布を取り出し切符を手渡した。そして「サングラスお似合いですよ」と言ったが、たづ子は返事をせず、おもむろにポケットに手を突っ込んだ。

検札を終え、たづ子は棚からボストンバッグを下ろそうと体を乗り出すが、かすかな視線を感じた。バッグから帽子を取り出しかぶってみるが似合わない。グレー色で縁が黒く高齢者がかぶる丸いズングリしている帽子で、ぶざまなのでバッグに戻した。変装は外国人やどんな人種でもよかった。英語が話せるのでアメリカ人になろうと決めた。

「失礼します」

お隣さんには変装の一部始終を見られたので、型どおりの言葉をかけて席を立った。

洗面所で人がいないのを確かめ、急いでスラックスとブレザーを脱ぎマントスーツに着替えた。二十年前にイギリスで購入したもので、大変気に入っており、捨てないでよかったと鏡を見る。

八方塞がりの心情を癒してくれたのは、湘南に咲くチシャの木の下にたたずみ花の精に触れた時かもしれない。生まれ育った環境では自分の才能を発揮できなかったと、自ら慰めてがんばった。「人生を闘う義務、自分のために闘う」の言葉を、ある小説に見出した時は歓喜の声をあげた。

窓越しに河畔に連なる桜並木が通り過ぎる。開花の時期は終わり新緑が映えているが、故郷は近い。

カツラや様々な小道具で変装している偽アメリカ人を見て、お隣さんは笑わないように手で胸を押さえている。小間切れな動作が滑稽で、ピエロに近かったがどんな理由で変装するのか皆目分からないのだろう。（きっと遊びなのよ、気が触れたのかもしれない）と、話のネタになるので退屈しのぎにじっくり観察しているに違いない。

六十代半ばで病に伏している母よりずっと元気で、人生に挑戦し勝ち取ったような気配が美しさに昇華しているわと、拍手喝采を送りたかった。(でも奇妙でナンセンスなのよ)と、お隣さんは偽アメリカ人の姿を見て吹き出していたのだ。

「あちらの方に見えますすよ」

お隣さんは言う。

「I am sorry, I can not speak Japanese(すみません。日本語話せません)」

「あははあ……、あなた日本人でしょう。最初から見ていましたよ」

また笑って吹き出した。

「I am Japanese American(私は日系アメリカ人です)」

もうたづ子は日本語を話せないし分からないふりをする。自分で自活できるようになるまで長い長い時間がかかった。最初はパートで働いていたが、上司に認められて正社員に抜擢され、それからとんとん拍子で店長まで昇り詰めた。たづ子はすぐ別居したかったが子どもの目があり思い留まったが、彷徨える魂の座る場所を探した。結末は今、新幹線に乗りアメリカ人に化けている。

たづ子は精神的、経済的な呪縛から解き放され快活になった。憂さ晴らしをしている中高年の姿が目に浮かぶが、それができない人がいるのも知っている。確かにビューティフルに生きられたことに顔がほころぶ。夫婦間の思考の一致が見られる時、成功者になる可能性が見出せるのだろうが、たづ子の木の根は細く、花は花火のように散る。

「まもなく仙台駅に到着します」

アナウンスがあった。

たづ子はテーブルに置いてある物を急いでバッグに入れ、ボストンバッグを棚からおろし、お隣さんに会釈をし、社内の通路に出た。混雑している。（あ！　廣瀬川よ、あそこが実家なのよ）窓から見えた景色に釘付けになるが、あっという間に通り過ぎた。たづ子は幸せで涙が出そうになりポケットからハンカチを出そうとしていると駅に着いた。ホームを歩いていると肩を叩かれた。

「進藤さんでしょう」

親戚の人で、一瞬たじろくが何食わぬ顔に戻る。もう日本語は分からない。

「あれっ！　モンロー・ウォークよ」

たづ子の後ろ姿を見て、通りすがりの人が言っているのが聞こえ、たづ子は思い切り腰を振った。

太陽の祈り

　空を見上げる。真っ青な世界が視界に飛び込み、ボールの音が雲を呼んでいるようだ。お弁当を狙うトンビの姿も見当たらない。テニスコートは運動公園にあり、湘南のあふれる光はそこかしこと遠慮なく降りそそぐ。メインロードで帰る道すがら遠くに海が見える場所で、十二月に木々は色づき一年中テニスが楽しめる。駐車場からテニスコートまでの短い道のりを歩くだけで鼓動が高鳴り、冬に狂い咲く桜の花にしばし立ち止まる時もある。

　テニス愛好会のメンバーは十五人でナイスミドルとミディで、男女の割合は半々、会長とたづ子だけが頭一つ上に出る年齢で一目置かれている。

　会長は大手損害保険の本社部長を務め上げた人なので、マネージメントはお手のものである。会員に信頼されているが、取り巻き役員にはたづ子より若い女性を起用し、ナイスミディの会員を大事にしている。たづ子はそれでも、テニスができれば何も文句はないと自然に振る舞う。

おさむが、女性二人が会員になった旨を告げると、会長はたづ子を見て、

「この人は女性ではない、中性です」

と言い放った。激しく心が揺さぶられたが、たづ子は、姥捨山へ登るだけの年齢になっていたので、ポーカーフェイスでテニスは続ける決心をし、楽しもうと思った。

次の週、おさむは恐る恐るたづ子に近づき、

「藤井さん！　クラブを辞めると思いましたよ。よくぞ休みませんでしたね」

「どうして辞めなくてはならないの。テニスは命なの。何があろうと続けます」

小さくたんかをきってみたものの、会長とおさむの会話はやはり胸に突き刺さり、飲み込むには大きすぎた。大学時代、女性蔑視の言葉に翻弄され、心の失踪にかきたてられた青春の一頁を思い出す。

「ベンチに座ろう」

おさむの誘いで、たづ子も座る。

和気あいあいと試合をしている様子は、コートで舞うアスリートの宴のようだ。風が頬に触れるが磯の香りは届いていない。時たまボレーやスマッシュをミスする人がおり、二人で笑い飛ばした。

「笑ってごめんなさい」

たづ子がささやくと、

「笑うのは健康にいいんだよ」

おさむが背伸びした。男性として背は低いほうだが親しみやすい。

おさむと友達の良夫は、スカウトした女性と一緒に試合をしており、グループ全体のルールに無頓着で自己中心に行動している。高齢者の女性は嫌いなのだ。良夫とおさむがたづ子のグループに入ったきっかけは、自分たちの人数が減り会長の計らいでメンバーになったいきさつがあり、二人の態度にたづ子は不満で胸がくすぶってい た。試合が終わりおさむの番だ。たづ子には声をかけず、ナイスミディに駆け寄り、

「さあ、一緒に試合をしましょう」

と声をかけた。コートに入ろうとラケットを手にした時、とっさにたづ子は食ってかかるように言った。

「あなたは若い人が好きなのでしょう」

おさむはびっくりして振り返ったが、何事もなかったようにその場を離れ、手をつなぐようにコートに入った。

「若くはないわよ。もう五十歳は過ぎてます」

捨て台詞でたづ子の顔がピクピク痙攣しそうになるが、どう見ても十歳は若い容姿で元気印が溢れている。

たづ子はベンチを離れ、自分用の折りたたみ椅子に座り替えると、良夫も立ち上が

りたづ子に近寄りにらみつけた。

「藤井さん！　理性を失ってます。みっともないです」

「Strong　なの」

たづ子はあえて英単語を使う。

「テニスをたしなむうちに、強さが培われたのよ」

「強さ？」

「そうよ」

しばしきまりが悪い沈黙が続き、たづ子は無意識にラケットの入っているリュックを背負おうとした。

「帰るの？」

「そうよ」

たづ子は挨拶をしてコートを出た。光のエネルギーが後押ししてくれるのを信じ花壇の縁石に腰を降ろしぼんやりしていると、

「藤井さーん」

スカウトされた女性があとを追って来て、たづ子の隣に座った。

「飴なめます？」

袋のままたづ子に渡し、たづ子が二個取るのを見とどけ縁石に置く。

「ありがとう」

もらった飴を口に入れると、女性がこんな疑問を口にした。

「聞きたいことがありますの。歳を取ると人間が丸くなるとの言い伝えは本当かしら？」

「昔の話よ。世俗の常識で浸透してますが、今は自己主張します」

「昔の話ね」

女性が首をかしげ何か話そうとしたが、たづ子が遮った。

「私、化粧室に用事があります。この次ね」

「分かりました。さようなら」

女性は立ち上がりコートに戻ると、たづ子は頭を上げ空を見上げる。目線上に雲が踊り出ていた。

いつでも冷静で賢いはずなのに、おさむの会長に話しかけた言葉で心の均等が崩れたのだろうか、自問自答するが落ち着かない。

ボランティアや自主グループ活動のリーダー研修を受け、大切な講義を星の数ほどシャワーのように浴びて心に刻みつけた。一番残っている鉄則は、お互いに他人の噂をしてはいけない。すなわち相手に対して他人の悪口を告げないこと、また派閥を作らずに、何かある場合には直接伝えるのがいいと教わった記憶が残っている。県の生涯スポーツリーダー研修の修了書を持っていることもたづ子を後押しした。だから、おさむにストレートにぶつけてしまい、陰で悪口を言う方法はとらなかった。

たづ子がコートを去ってから良夫は頭を抱え込んだ。確かにナイスミディをひいきにしているが非難される行動とは思われないし、高齢者よりはまだ中高年の会員のほうが許容できると、にんまりしながら女性に声をかけた。

「藤井さんは高齢者ですので、おとなしく引っ込んでいればいいのよ」

荒々しいが、顔は穏やかに返事を待つ気配を感じる。

「クラブから追い出すの？　かわいそうよ。あんなにテニスが好きな人見たことありません。年齢に関係なくスポーツは楽しむべきでしょう……。まだまだ元気でプレイできますよ」

良夫は震えた。

「でもね、彼女、あなたたちに目をかけているのが気に入らず怒ってました。ひねくれババアのよくあるケースです。退会するのが筋ですね……」

「ひどい！　私たちもそのうち高齢者になり、同じ道を辿るに決まっているでしょう。労わりましょうよ。テニスでの付き合いは限りなく透明に近いブルーです」

「どこかで聞いた言葉ですね」

「確か小説のタイトルです」

ナイスミディの女性は運動公園で約十六年間、週に一度テニスをしているたづ子の姿を見ており、愛好者の絆は貴重な触れ合いで、しがらみは生まれず騙し合いもない青い空の印でありえる。

「藤井さんは巷の高齢者とはひと味違います」

「分かりました。ひとまず様子を見ましょう」

良夫はラケットを手に取りコートに入った。

たづ子は車の運転席に座ったものの発車させる気がなくぼんやりして空を見上げると、まばらに青く染まり陽射しが弱くなった。陰口だけは言いたくないと直接ぶつけたのだが、会を辞めなくてはならない状態になるのではないかと恐れた。根回しをするか、あるいは沈黙を守るかで解決の意図が見えたはずだが、憂いは隠せない。

一方、家の中の仕事より外に向かうのが好きな性格は父のＤＮＡに由来すると薄笑いを浮かべた。テニス愛好会では会長にならなくとも、水面下で協力できればと参加しているが、自己過信の可能性もあり自信がない。辞めなければならない決断を迫られるのだろうか、胸が締め付けられる。嘆きの天使になり舞台を去り、スケープゴートと皆に言われ笑いものになるしかない。

たづ子はもう一度空を見上げると、もはや青空は見えず雲で閉ざされている。たづ子はギアを入れ車を発進させた。

次の週、一抹の不安を抱えながら駐車場に着き、会長の車を探したが見当たらない。会長の一言で辞めないで済むと期待したが、会長は体の不調で姿を見せなくなっていた。

退会を余儀なくされると半分諦めて車を降りると、メンバーの四、五人がたづ子を取り巻き、連れ去るようにコートまで歩き出した。そして勢いよく試合が始まる。古い会員を女王様のように扱う態度に、おさむと良夫は打ちのめされた。たづ子は不思議な幻想の世界に導かれ、歓喜の歌を運んでくれるエンジェルの姿が目に浮かんだ。愛好会を辞めずに済んで、ほっとした。

太陽の応援を得て試合を楽しむ。無意識の祈りは健康志向で、体全体が宗教音楽に包まれて動いているような錯覚にとらわれる。ギャラリーがうるさくなる。たづ子は率先してテニスコートに入り、

「小野塚さーん！　一緒に試合しましょうよ」

たづ子の声でおさむはいそいそとラケットを持ってたづ子とペアを組んだ。たづ子は相手のロブで上がってきたボールをスマッシュで前衛の前に落としゲームが取れる。

「藤井さん、すごーい！」

拍手が起こり、たづ子もアングルショットを打ったのが信じられず、呆然とした。

「姥桜見せますね」

たづ子の打つショットにいちいち講釈を付けたがり景気づけるが、単なる野次に過ぎない。たづ子はコートにいながら声をあげた。

「ショーです。ミュージカルショーよ」

「素晴らしいことを言いますね」

誰かが叫んだ。

たづ子は英単語「Play」を頭に浮かべ試合をしている。「Play Tennis」テニスをする。「Play the Piano」ピアノを弾く。どちらも「Play」の動詞が使われている。テニスの試合を見るのも、ショーを楽しむと同じなのよと納得した。

花と光が溢れるように、会員全員が仲良くなり試合をする。素晴らしい、テニスを楽しむ一日よ。太陽が闇夜を消してくれる。

「藤井さん！　ペアを組みましょう」

良夫はたづ子に声を掛け、一緒に試合に挑む。声を掛けられるのは何より嬉しい。後期高齢者なのに会員すべての人が声を掛けてくれる状況に心で手を合わせた。自分探しの人生であったから人並みな幸せを望むのは無理と締めていても、時たま煩悩が頭を持ち上げ苦しめるが、スポーツは心の糧となり壮快な気分がみなぎる。

今日は調子がよく、相手方に点を与えずゲームが取れ試合に勝てた。

「あなたは勝利の女神です」

良夫の言葉に満足感を味わったものの、幻の言葉になるのは周知の事実で、この瞬間だけでも輝こうと顔を上げた。

目覚めよと呼ぶ声

「ママは強運の持ち主なのよ。今ここにこうして生きているのですもの」

テレビの前から動かないで座り込んでいる千枝に言葉を投げかけた。

「さあ、食事にしましょう」

眞美は強引に母をテーブルの前に引きずり椅子に座らせる。テレビを消して音楽に切り換えた。ピアノの旋律が軽やかに流れ、少しでも元気を取り戻せるように、バッハの『目覚めよと呼ぶ声が聞こえ』をかけた。エアロビックスの先生はバッハの曲が好きで、勧められるまま購入したCDが役に立つとは予想していなかった。バッハの作品が二曲、その他有名な作曲家の作品が入っている。

「震えがきました。身に染みるメロディーですね」

「メロディーではなく曲よ。とにかく充分に食事を取って下さい」

夫亡きあと、南三陸町志津川の家で余生を送っていた千枝は、仙台に戻るのを決めていた。

長い長い人生との闘いで成功を収め、凱旋するのが最高の結末と信じ、自分を褒めていたが、理屈なしに戻らなければならない状況に陥り、予期せぬ出来事はパープルロングロードが続く前触れと落ち込んだ。

「一年前にこの家を建てて、先見の明がありましたね。正解でした」

「孫の可愛さに決断しただけ。一間のアパート住まいでは肩身が狭いでしょう」

千枝は眞美の声に目を覚まし、やっと返事をする。

未曽有の被害を与えた東日本大震災による津波の襲来は時間を止めた。あの日、三月十一日（二〇一一年）は仙台から南三陸町への帰路につこうと気仙沼線の電車に乗っており、一命を取り留めた。様々な屈折の末に仙台の家に戻れたが、数日後テレビで何回となく映し出される惨憺たる光景に、津波で自分の家が流された実感が湧かず手の甲を捻る。マグニチュード九・〇の数字が頭に刻みこまれ、病院、サンポート、高野会館の建物はフラッシュバックに充分な映像だ。

「知り合いの皆はどうしたかしら。高台や高野会館に避難した人は助かったかもしれませんが、津波にさらわれた人は災難としか言いようがありません。私も家におりましたら流されていたでしょう」

千枝は大声で泣く。眞美は千枝の肩に手をのせ、泣き止むのを待った。

「悲しいね。でも、千年に一度の災害を見ないで黄泉の国に旅立った忠夫は、神の思し召しですね」

「パパが亡くなったのは八十二歳でしたから、歳に不足はなくタイミングがよかったです。とにかく食事だけは済ませましょう」

二人は食卓につくも、千枝は口を割る動作で悲しみを和らげようとした。ピアノの音が魂を揺さぶる。

「天災ですね。前に津波が来た時は、床下浸水で死体が転がり込んで驚きましたが、被害はなく実家から大勢の人がお見舞いに見え、嬉しかったのを覚えています。今回は根こそぎ持っていかれたので……。南三陸町のほとんどの建物が流されたのでしょう、宇宙に立っている気分です」

「ママは住む家があります」

眞美は笹かまぼこを口に入れた。

「そうですね、感謝しなくては。そのうち仮設住宅に住んでいる人に会いに行きましょう。忠夫が亡くなった時には、ご近所の方々にだいぶお世話になり助かりました。地域の連帯かしら、感謝してます」

「田舎の良さです。葬式はあの高野会館で挙げましたでしょう」

ピアノの曲が変わるが、二人は心に響けば何でもよかった。深い絶望感に打ちのめされそうで、急いで味噌汁を飲む。

「やるせない救いのない気持ちは、志津川の土を最初に踏んだ時と同じなのは運命としか言いようがありません。私のエネルギーが逆撫でされているようです」

　一九五四年、千枝は親の希望どおり志津川にお嫁に行った。その頃はまだ志津川町で、二〇〇五年、歌津と合併して南三陸町になった。婚家に着いた時、心を射る絶望感に足下が揺れた。自然現象ではなく千枝の震えが地に伝わったのだろう。

　貧しい漁村の面影が残っており、家の建物は実家とは比べようがないほど小さな木造二階建ての家で、印刷工場が隣接しており、おまけに酒飲みの義父がついていた。義父は朝から刺身を注文し酒を浴びる。千枝は実家に帰りたいと天を仰いだ。

　やっとの思いで、仙台行きのバスに乗り、ほっとしたのを覚えている。三時間の長距離バスに乗り、仙台駅からは市電に乗り換え実家に辿り着いた。玄関に入ろうとしたが「戻りなさい」と母が無言で示し、そばに妹のたづ子が黙って立って見ている情景が水彩画のように張り付く。

　千枝は市電には乗らず、実家の後ろにある神社にたどり着いた。地域の人はお観音《がんのん》さんと呼んでいる。お観音さんは実家の守護神の神社で、お祭りの時には千枝の父の名前が印刷されている登り旗が風になびき、家族は優越感に浸った時期もあったが、地域でお祭りをサポートするようになり旗はおろされた。そばに実家の倉庫と畑があり、その場に千枝はうずくまり泣いては拝みを繰り返した。

仙台駅に戻り石巻経由のバスに乗ると、疲れと絶望で窓から見える景色は目に入らず、三陸海岸の絶景は目を閉じている。都落ちした自分が哀れで、両親の意思に従って忠夫と結婚したのが悔やまれた。千枝には責任はない。私は捨てられた、と実感するも、得体の知れないエネルギーが底から湧き出る。頭を上げ真っ正面を見つめると同時に志津川に着いた。

千枝は辛抱するしかないと諦めた。それでも唯一頼れるのは実家との絆で、なお一層憐れみを増し悲しむ。

「ママが結婚した当時は、バスに三時間も揺られて志津川と仙台をたびたび往復してたと聞きましたが……」

「あの時の心情は、娘には味わわせたくないのです」

「私が離婚して家に戻り、家を継ぐようにしたのも、そのせいですね」

「そうよ、育った家で自由に生きられるのが女性の幸せとも言えます。世間の常識から外れるかもしれませんが」

「パパと二人三脚でお月さんを掴む勢いでがんばりましたね」

「資産を三倍に増やしましたし、夫の忠夫が家族思いだったのには助けられました」

忠夫は一人息子で、父親と一緒に地を這うように生きては、すがる糸を絶えず求めており、結婚もその手段であった。千枝の母親は、夫、すなわち千枝の父親に見出せなかった男性の魅力を忠夫に重ねては舞い上がり、持ち上げたので、忠夫はトラブルが発生すれば千枝の実家に駆け込んだ。千枝の母と忠夫のハネムーン期間の始まりである。

千枝の母が亡くなり、火葬場に親戚一同が集まった時には、忠夫は薄ら笑いを浮かべながら隅に座り手酌でビールを飲んでいたが、たづ子がじっと見つめているのが気に障った。

たづ子の目には忠夫が自分の思い通りに運んだ勝利と、家族のお人好しや、ぼんくらをあざ笑っているように映っていた。千枝が忠夫に従順なのが歯がゆかったがすべては終わっていた。

「商工会の婦人部長で活躍し、随分地域に貢献しました。気仙沼線が開通するのは決まっており、時期を待つだけでしたが、高速道路も国会議員さんの助力で実現させました。一時間で仙台に行けます。車でですがね。石巻経由のバスは廃線になりましたよ。観光町づくりも目を見張る発展を遂げてます」

千枝は溜息をつく。

「ホテルができたのも要因の一つですね」

眞美は相づちを打つ。

「南三陸町になってから、観光で名が知れるようになりました。確かにタコとホヤは絶品です」

二人は食事を終え、千枝はテレビの前に座るも音楽に聞き入る。眞美は台所で静かに後片付けをしていた。モーツアルトのピアノソナタ第十五番が流れている。

「志津川の町は瓦礫の山で、根こそぎなくなってしまいました。昔ね、こんなこと言えないのですが、すぐ忘れてね。婚家で嫌な思いをした時、津波で家が流されてなくなってしまえばと、ふらちにも一瞬頭を横切ったの。でもね、地元の人たちや、もちろん忠夫はこよなく志津川を愛してました。何と言えばよいのか、悪魔のような災害に言葉はありません」

「ママはＣＵＢＵ（カナダの映画で、世界観は無機質で不条理なゲーム）の中に入り苦難を乗り越えて外に出る人間です。食欲はあるし。大丈夫、元気に立ち直れます。コーヒーでも入れましょうか」

「花も嵐も踏み越えて音楽に浸りましょう。ミュージック！　テーマは鎮魂！」

「アハハ……」

眞美は笑った。

「志津川にお嫁にきたのは、人生の外に投げ出されたようなものでしたが、足はすっかり地に着きました。印刷所の仕事が結構面白く、順調でしたし、いい意味で田舎の風習が残っており、助け合ってましたが……。私ね、本当はお医者さんと結婚したかったの」

　千枝はコーヒーカップを持ったまま、揺れるような言葉を発した。

　当時はお見合いで結婚するしきたりが残っており、二十四歳くらいまでに身を固めるのが常識で両親は焦っていた。クリスマスケーキの適齢期に結婚をまとめたかったので、忠夫が人を介して縁を持ち込んだ時には両親は喜び、父より母が諸手を挙げて進めた。

「アハハ……、お呼びがかかる年齢なのに何を言ってますか。姉を眼科医にしたのはママのフラストレーションの産物ですね。アハハ……」

　眞美はまた笑う。眼科医院を開業し、長女が院長になってから全て順調な滑り出しで、南三陸町にある家の隣の土地も購入し、アパートを仙台の泉区と南仙台に建て、大学生に貸している。周りの者を威圧できるよう、死に者狂いの努力をして資産を増やし、手段は選ばなかった。野心の全てを手中に収め、千枝の老後はバラ色に輝き、孫を連れては街中を闊歩していた。（嫌な人間でもいい、私はセレブなのよ）南三陸町に帰る電車の中で無言で納得している時、東日本大震災が発生し、津波が千枝のホームグランド南三陸町に襲いかかった。

　千枝はコーヒーを飲み終え、カップをテーブルに置いた。模様が正面になるよう無意識にソーサーを回す。

「たづ子さんから届いたお見舞いの手紙どこかしら。もう一度読んでみたいのです」

内容を見て、投げ捨てた手紙だ。

「テレビのそばに置いてあります。野良犬の話？　妹は姉を野良犬のようにたくましいと書いてありますよ。失礼ではありませんか」

「そういう見方もありますが、褒めているのかもしれません。現状では、嬉しい言葉と受け止めるべきでしょう」

手紙をもう一度手に取る。サンセットモームの評論のようであるが、今までにもときどき作品の内容を話してくれたが、千枝はせせら笑い、小さなマンションに住む妹を軽んじていた。資産があってこそ殿様になれる。経済的に優位に立っている力のある人こそ勝利の女神と信じている千枝は、今、南三陸町の家を失って初めて手紙に向き合えた。

「然らば、人間は何のために動いているのであるかと言うと、この答えは容易ではない。人間は情熱に従って動く。この情熱はまったく偶然のもので、善でもなく悪でもなく、幸福にも導くし、不幸にも導くだろう。すなわち人間は自分の知らない力によって、左に右に動かされ、その目的が何であるか知らない。人生は解きがたい混乱であり、また絶対の無益である……」

千枝は手紙をしまう。

「分からないわ。野良犬とどんな関係があるのかしら。私は医者と結婚できなかったので娘を医者にしただけ」

「ママはパパの助力もあって動く彫刻でした。またDNAの発露でもあります。突っ走る情熱が、たづ子叔母さんにはママが野良犬のように見えたのでしょう。バイタリティーがあると言うことです」

「まあ何でもいいわ。それにしても南三陸町の家のお隣さんに会いたいです。どうなっていることやら、近所付き合いは幻になって流されてしまいました」

リストのタランテラが静かに流れ、二人は音楽に身をゆだねた。

「もう一度がんばりましょうね」

千枝は聞こえないふりをし、飾り棚のほうに足を運んだ。そして孫の写真を手に取り、つぶやく。

「早く会いたいわ」

眞美は千枝の肩に手をのせる。

ENDLESS RAIN（果てしなき雨）

「やっと三人で会えましたね」

長女ひでは、面倒くさそうな表情で声を上げたが、目は涼しげにぱっちりしている。まなざしは女優イングリッド・バーグマンに似ていると母親に賞賛されていた面影は健在であり、出っ歯もきれいに治し輝いていた。

「お姉さん！　歯を治して見違えるようになりましたね」

次女の千枝は叫ぶ。

「この歯のせいで一度は人生の淵に沈みましたが、見事太陽を浴びる場所まで昇りつめました」

「大げさね……」

と千枝。

「CLIME《クライム》 EVERY《エブリー》 MOUNTAIN《マウンテン》ですね」

とたづ子。

「何それ？」

ひでは表情で二人を投げ捨てた。

「THE《ザ》 SOUND《サウンド》 OF《オブ》 MUSIC《ミュージック》の映画で歌われた曲よ」

ひでは、実家の隣の家に住んでいた月日を思い出して舌打ちをし、たづ子に向かって嫌味を言った。

「母はあなたが美人で頭脳明晰でしたので誰よりも可愛がり、資産家の男性に嫁ぐよう、ありとあらゆる花嫁修業をさせ、私たちのような貧乏な生活をしている者を蔑んでいました。私たちがどんなに傷ついたか計り知れません。期待に応えられる結婚はさせないように、夫選びは私が仕組んだ罠で、生活力のない父親の息子で、誰が見ても結婚条件の悪い人を選ぶようにしたのです。それ見たことか」

たづ子は一瞬顔をしかめたが、すぐ平静に戻った。

「でもね、今まで病気らしい病気をしないで健康でいられたのは、あの人は私にはふさわしかったのよ」

「お金がなくて苦労したのに……。家庭が嫌いで逃げ回っていた夫に振り回され、あの時のあなたの顔は般若面でした。あなたが助けを求めていたのは身内周知の事実でしたが、私が実家のそばに住んでいた時に、苦労している私の姿を見てもあなたは何もしてくれませんでした。せせら笑ってましたので、私も見て見ぬふりをしました。

ざまあみろです」

ひでの剣幕に千枝は見かねて言った。

「まあまあ、やっと揃って会えたのですから、楽しい話をしましょうよ。ここのピザは美味しいわよ」

手を伸ばし自分の取り皿にピザを載せた。たづ子の発案で、地元の海の見えるレストランで集まることにしたのだった。

「あの窯、素敵ね！」

三人は視線を窯のほうに向けた。店内に設置されているピザ窯がここの食事の正当さを象徴しているようで、安心して食べられた。

「美味しいわ」

千枝とたづ子はあいづちを打ちながら頬張るが、ひでは相変わらずのぶっちょう面で餌のように食べる。

「もう姉妹とは会わないだろうと安堵してましたのに、私はお友達がたくさんおります。可愛がっているお弟子さんも数少なくはありません。身内の絆は糞食らえです」

強い口調でしゃべりながら、ピザをがむしゃらに食べている。

「お姉さん！　ゆっくり頂きましょうよ」

千枝は姉の姿に父親の面影を重ねた。当てはまる。父は家族を愛さなかったので母親との仲が悪く、歪んだ関係は家族に火の粉として降り掛かり負の遺産にした。

「私はね、身内とは付き合わないことにしましたの。どうしてもとあなたがおっしゃるから重い腰を上げたのに、やっぱり駄目ね。進藤家は終焉です」

ひではギョロリと二人を舐めるように見た。

たづ子は目をつむり、相当傷ついていた姉に為す術はないと思いながら、自分が不幸になるのは自然の成り行きと悟った。夫の身内が嫌いで避けていたが、小姑はグルになり、夫を虜にし家庭人になるのをはばんだ。小姑は恐いと世俗の掟を無視したのを嘆いたが、後の祭りで幸せになるはずはなく、たづ子の闘いが心に住みついた。

「千枝さん！」

ひではまた叫ぶ。

「あなたは幸福なのでしょう。母親のお墨付きの人と結婚したのですから……、あなたの旦那様は母のお気に入りよ」

「確かに資産は三倍に増やしました。土地持ちは強いです。たづ子さんは父を嫌ってますが、私は主人の要求で父を頼りにしました。利用したのよ」

結局、実家は千枝の夫に翻弄され、崩壊の危機にさらされるのも分からず、母親に持ち上げられ実家に入りびたりになったと憂いを重ねたが、たづ子は表情には出さなかった。

「私は四種類のチーズで、トッピングされたピザが好きです」

たづ子は明るくふるまう。

「三人の内で一番恵まれないたづ子さんは、どうして明るいの？　おかしいわよ。不幸の塊のようにこちこちで、石が土にくい込んで動かなくなるように終末を迎えるのを願っているのに」

「何それ！　身内の姉が言う言葉ではないでしょう」

「あなたは不幸になればいいのよ。貧乏人を毛嫌いしてお高くとまっていました。困った時には私を頼りにしてたくせに、いい気味です。あなたにふさわしい人生よ」

たづ子はひでの顔に平手打ちを食わせようとしたが、ぐっと堪えた。

「父親のせいよ、父親の生き方を許した家族がすべての原因で、私ではない」

たづ子の神がかりな言葉が頭上に落ちた。

「いい加減、過去の恨みはなしにしましょう。三人官女がひな壇に飾られました。楽しい話題で笑いましょう」

たづ子の言葉に、

「福を呼びますかね」

千枝はあいづちを打つが、心は凍っている。がむしゃらにかき集めて資産を三倍にし、たづ子の取り分（親の遺産）までも掌中に収め、夫の保険金でまたまた懐がふくれ、世界は私のためにあると、セレブな生活を満喫していたが、東日本大震災で津波に襲われ家は流されるが、かろうじて娘の家に身を寄せるも交通事故に遭い、生きる望みを失った。時間をかけて復活し、このたびの出会いに願をかけた。千枝は言う。

「たづ子さんよりは恵まれていると思っていますので、あなたの笑顔で救われます」

「何よ、その言いかた」

たづ子は反発したが、笑顔はそのまま。

「無意識に慣れた環境に浸りたい要求は自然の法則なのかしら。ある意味で父や兄との共通点のある夫と結婚し、お金に縁のない生活を強いられ、乗り越えようとしたに過ぎない私の人生で、健康でいられるのはなぜでしょう。不思議な現象です」

「あなたは馬鹿よ、フーリッシュハートの持ち主なのよ」

ひでは二人の会話を聞きながら、せせら笑っている。

「母親のばらまく菌に感染して生きたのです。運命としか言いようがありません」

言いながら、とっさにたづ子はプラハの街が目に浮かぶ。見果てぬ夢の実現に貢献した都で、たづ子は舞い上がった記憶がよみがえる。カフカ記念館へのオマージュは「変身」が難しく、人間の弱さと絶望を示しており諦めるしかないと下を向いた。たづ子の言葉を消すかのように、ひではかん高い声で叫んだ。

「私ね、遠刈田温泉に別荘を買いました。私だけのものよ、あなたたちには声をかけません」

二人は声を失うが、ひでが幸せになるのなら構わないと、いじわるそうな顔を見つめた。遠刈田温泉は、子どもの頃、祖母を中心に夏休みに避暑で過ごした場所で、ひでの深層では仲が良かった家族の絆を恋しがっているのではないかと疑った。

「父が悪いのよ。家庭を家族を愛さなかったのが原因で、ばらばらな人間関係が生じたと」

たづ子は言葉を呑み込んだ。

父親の現実逃避が原因で歪んだ人間関係ができてしまい、滅びへの前奏曲が始まったにちがいない。出て行ってしまえばよかったのに、結局、父親の座を失わなかった。父は入り婿で、婚家に順応できず舅が亡くなると外に女性を囲い、資産を減らした。誰もメスを入れられなかったのが悲劇の始まりで、流れるままに家族は生きた。

「たづちゃん！　ボヤッとしないでよ」

千枝の声と同時にピザが目に飛び込んだ。

「しらすのピザね」

たづ子は、千枝に渡されたピザを食べた。

「今さら会っても、血のつながりの良さは感じられません。お互いにゴーイング　マイウェイとしましょう」

言いながらひでは立ち上がった。千枝は、

「あなたは八十三歳、私は七十六歳、たづちゃんは七十三歳、三人姉妹の語らいもおそらく最後でしょう。二階に上がりテラスで海を眺めてから、別れの握手としますか」

三人は歴史的建造物の洋館にある狭い階段を上り、窓のあるテラスに出た。千枝は見慣れた海を遠く地平線にとらえて、穏やかな気分になる。

「湘南の海ね。あとで俳句にします」

今までとは違うひでの優しい声に千枝は振り返り、ひでを見た。

「お姉さん！　俳句で名を成し遂げた成功者ですもの。仲直りしても構わないと思いますがね」

「覆水盆に返らずです」

またまた荒海のような声が轟く。

ひでは父親のＤＮＡを受け継ぎ、俳句で開花した。俳名が秀穂女で百名くらいの弟子をかかえる句会の主宰をしているので、収入が増え夢も実現して今、人生の絶頂にいる。歯をくいしばってどんな試練をも乗り越え、俳句は捨てず父親を賞賛した。父親の愛なき姿も真似し、夫との絆を育てようとはしない。夫は老人ホームに入れ、長年の夢への賛歌に一人で酔いしれた。

二人の姉の揺るぎなき成功に、たづ子は悪辣な企てを考えそうになったが、大学時代に教わった宣教師の言葉、「奇跡は起こります」を心に浮かべ平常心に戻れた。

「何グズグズしているの。絆は断ち切るためにあります。出会いはこれでお終い、帰りましょう」

またもや甲高いひでの声が海に届くようだ。

「じゃぁね」

三人は階段を下り帰路につく。たづ子は小走りに駅に去っていく姉二人の後ろ姿を見納め、車の中でしばし呆然とした。孤独感がじわじわと襲いかかるが、前進へのパスポートと快く受けとめる。二人の姉はたづ子の目標を達成しており、三人とも土壌は同じなのだと窓を開ける。どのように償えばたづ子に幸せがやってくるのだろう。ザワザワと雨が降っている鼓動に、晴れ間が見えない。そのうち、ひでの別荘でなくとも、遠刈田温泉に行ってみようと車を発進させた。

紅絹《もみ》の布《きれ》

ひかり

炎の振動に揺れる赤
紅絹の布を抱きしめ
畳の上をしなやかに歩く
いじらしく
耐えしのぶ情念に母の面影を重ねる
もう一度
紅絹の布を抱きしめ
目立たないが強烈な裏地のシンボル
ネオジウムの磁石は故郷を指し
メモリーの星が光を放ち
イルミネーションの森にたたずむ

あとがき

敗戦（一九四五年）後の世相は混沌としており、食糧も不足がちで焼け跡にはバラックが建ち並び、ちまたに進駐軍が闊歩し、テネシーワルツの歌があちこちから聞こえていた。ＧＨＱの政策で農地解放、教育改革がなされ、戦前の専門学校は新制大学に格上げされ、男女共学となった。一九五一年、和平条約で日本は独立を果たし経済成長に向かう。主人公の進藤たづ子は、ミッション系新制大学の英文科に入学し、男女共学に馴染まないも溺れていく。目的のない大学生活はアミューズメント化し、たづ子は藤井たけしに救いを求め結婚に踏み切るが、結末はハッピーエンドではない。読者の判断を期待したい。

昭和六十三年、神奈川県女性センターで鈴木政子先生のもとで指導を仰ぎ、自主グループ「さざなみ」を立ち上げ、仲間で文集を作った。これはその時の作品でもあり、その場を去ってからも書いたものである。この本を出版するにあたり、カタルシスの気分になれたことに深く感謝している。

著者プロフィール

早瀬 ひかり （はやせ ひかり）

1933年、宮城県仙台市出身、神奈川県大磯町在住。

中学校で4年間英語を教えたあと、子どもの英語教育（英語の言葉を自然に習得する子どものグループ活動）に携わる。

1999年10月～2003年9月まで、大磯町教育委員を経て、箱根のガイド、エスコートを仕事としていた。

著書『金太郎子守唄』（1993年　高野印刷）、『愛しのテディ・ベア』（2005年　新風舎　筆名・細谷香公）

JOHN FORD POINT《ジョン フォード ポイント》

2019年8月15日　初版第1刷発行

著　者　早瀬 ひかり
発行者　瓜谷 綱延
発行所　株式会社文芸社
〒160-0022　東京都新宿区新宿1－10－1
電話　03-5369-3060（代表）
03-5369-2299（販売）

印刷所　株式会社暁印刷

ISBN978-4-286-19880-4